CALENDAR GIRL

Juillet

Audrey Carlan vit en Californie avec ses deux fils et l'amour de sa vie. Quand elle n'est pas en train d'écrire, elle fait du yoga, boit des verres avec ses amies de cœur ou est plongée dans un livre.

Paru au Livre de Poche :

Calendar Girl
1. Janvier
2. Février
3. Mars
4. Avril
5. Mai
6. Juin

AUDREY CARLAN

Calendar Girl

Juillet

ROMAN TRADUIT DE L'ANGLAIS (ÉTATS-UNIS)
PAR ROBYN STELLA BLIGH

HUGO ET COMPAGNIE

Titre original :

CALENDAR GIRL – JULY

Ce livre est une fiction. Toute référence à des événements historiques, des personnages ou des lieux réels serait utilisée de façon fictive. Les autres noms, personnages, lieux et événements sont issus de l'imagination de l'auteur, et toute ressemblance avec des personnages vivants ou ayant existé serait totalement fortuite.

ISBN : 978-2-253-07036-8 – 1re publication LGF

Chapitre premier

Cheveux blonds. Yeux bleus. Jambes infinies. C'est une déesse. Doux Jésus. L'univers se moque de moi. Je suis plantée devant ce mannequin que je reluque de haut en bas. Je trouvais Rachel canon, mais elle est presque quelconque à côté de cette fille.

La bombasse se tient devant une Porsche Boxster noire, et elle n'arrête pas de gigoter, comme si elle était nerveuse. Ses doigts tapotent la pancarte sur laquelle est écrit mon nom. Elle déplace son poids d'un talon de douze centimètres sur l'autre et, si tant est que ce soit possible, elle semble encore plus féroce et agacée. Cela fait peut-être un moment qu'elle attend dans cette chaleur écrasante. Cela dit, elle ne semble pas en souffrir autant que moi. Elle est vêtue d'un jean si moulant que je devine chaque courbe délicieuse de ses fesses. Son débardeur révèle une poitrine de rêve que je ne peux m'empêcher de mater d'autant plus que l'inscription « *HUG ME AND DIE*[1] » est inscrite dessus en grosses lettres noires. Elle porte au moins dix colliers de longueurs et formes différentes, et ses cheveux de rockstar sont attachés en un mélange de boucles et de mèches tombantes qui a l'air carrément chic.

Cela fait plusieurs longues minutes que je l'inspecte lorsqu'elle pose les yeux sur moi. Elle soupire en gonflant les joues, jette la pancarte à l'intérieur de sa voiture et vient vers moi. Elle étudie mes cheveux noirs bouclés, ma robe, puis mes sandales.

---

1. Serre-moi dans tes bras et meurs. (NdT, ainsi que pour toutes les notes suivantes.)

— Ça ne va pas du tout, déclare-t-elle d'un air exaspéré. Allez viens, le temps c'est de l'argent, ajoute-t-elle en tournant les talons.

Le coffre s'ouvre tout seul et j'y dépose ma valise.

— Je suis Mia, au fait.

Je lui tends la main alors qu'elle met des lunettes de soleil aviateur ultra-cool. Elle tourne la tête pour me regarder par-dessus les verres foncés.

— Je sais qui tu es, c'est moi qui t'ai choisie, répond-elle sur un ton blasé.

Elle fait démarrer la voiture et accélère sans attendre que je me sois attachée. Je pars brusquement en avant et je dois m'accrocher au tableau de bord en cuir.

— J'ai fait quelque chose pour t'agacer ? je demande en la regardant.

Elle vide tout l'air de ses poumons et secoue la tête.

— Non, grogne-t-elle. Je suis désolée. C'est Anton qui m'a énervée. J'étais occupée quand il m'a dit de venir te chercher. Apparemment, il avait besoin de notre chauffeur pour se taper deux petites groupies à l'arrière du 4 × 4.

Super. Il semblerait que mon nouveau patron soit un véritable pervers. *Pas déjà, s'il vous plaît !*

— Ça craint.

Elle tourne à droite pour s'insérer sur l'autoroute.

— On peut repartir à zéro ? demande-t-elle d'une voix sincèrement désolée. Je suis Heather Renee, l'assistante personnelle d'Anton Santiago, l'artiste hip-hop le plus branché du pays.

— Waouh, c'est vrai ?

Mince. Moi qui suis plus branchée rock alternatif que hip-hop, je n'avais pas réalisé à quel point il était connu.

— Ouaip. Chacun de ses albums a été disque de platine. C'est le chouchou du monde du hip-hop et, hélas, il en est parfaitement conscient, explique-t-elle. Anton veut te rencontrer tout de suite, mais il va falloir que tu te changes.

Elle regarde ma robe verte légère qui, selon moi, met en valeur mes yeux et mes cheveux.

— Pourquoi ? je demande en tirant sur ma robe, soudain gênée.

— Anton attend une bombe avec des courbes à n'en plus finir. Tu as les courbes, c'est clair, mais cette robe est trop *girl next door*[1]. J'ai fait du shopping, et un dressing plein de fringues t'attend à la maison. Mets-les. Il s'attend à ce que tu sois canon à toute heure de la journée et de la nuit.

Je grimace et regarde dehors alors que nous descendons Ocean Drive, bordée de chaque côté par des bâtiments Art déco qui ont vue sur l'Atlantique.

— Alors, il y a de l'eau des deux côtés ? je remarque lorsque nous traversons un pont.

— Oui, de ce côté tu as le lagon de la baie de Biscayne, et de celui-là, tu as l'océan Atlantique. Comme tu peux le voir, ajoute-t-elle en désignant le sommet des immeubles, la plupart des bâtiments sont des hôtels, mais certaines personnes très riches, comme Anton,

---

1. Archétype culturel et sexuel américain désignant une fille perçue comme étant prude et naïve.

peuvent se permettre d'y habiter toute l'année.

Je baisse la vitre et laisse la brise souffler dans mes cheveux et rafraîchir ma nuque. Je regarde la vue et remarque une palette de couleurs surprenante par rapport à Las Vegas, où tout semble marron, ou Los Angeles, où tout est blanc, gris ou beige. Ici, les couleurs sont éclatantes et vont de l'orange vif au bleu turquoise, en passant par le rose et le jaune.

— Tu vois tous ces hôtels ?

Je hoche la tête et me penche pour mieux les voir.

— Ils s'allument de toutes les couleurs la nuit. Un peu comme à Vegas.

Vegas. Mon cœur bat la chamade, et je suis soudain accablée d'un profond mal du pays. Il faut que j'appelle Maddy et Ginelle. Bon sang, Gin sera furieuse lorsque je lui raconterai ce qui s'est passé à Washington. Peut-être que je peux m'en tirer sans jamais le lui dire ? L'idée est séduisante.

— C'est cool ! J'ai grandi à Las Vegas ! Ça me fera plaisir de voir des immeubles s'illuminer.

Je m'appuie contre le dossier et j'essaie de me débarrasser de la tension que j'ai accumulée à Washington, puis à Boston lorsque j'ai fait mes adieux à Mason et Rachel. Je sors mon téléphone et l'allume. Il m'annonce l'arrivée de plusieurs messages, dont un de Rachel qui me demande de lui écrire quand je serai arrivée. Il y a en a un autre de Taï qui veut savoir si mon nouveau client est un gentleman ou s'il doit reprendre l'avion, et un autre de Ginelle qui me dit que…

Oh merde, non !

Mon estomac fait un saut périlleux tandis que je relis son message.

À : Mia Saunders

De : Ma Salope Chérie

Tu t'es fait agresser ? T'étais à l'hôpital ? Tu m'expliques pourquoi c'est le frère de Taï qui me l'apprend ? Si tu n'es pas déjà morte, je vais te tuer !

Je calme ma respiration et tape ma réponse.

À : Ma Salope Chérie

De : Mia Saunders

C'était rien de grave, vraiment. Ne t'en fais pas. Je t'appelle plus tard, quand j'aurai rencontré Latin Lover.

À : Mia Saunders

De : Ma Salope Chérie

Latin Lover ? Sans blague ? C'est la nouvelle star du hip-hop ! Il est canon !

À : Ma Salope Chérie

De : Mia Saunders

À ce qu'on me dit, c'est un salaud.

À : Mia Saunders

De : Ma Salope Chérie

Tu me connais, plus c'est salaud, plus ça me plaît.

À : Ma Salope Chérie

De : Mia Saunders

T'es vraiment tordue !

À : Mia Saunders
De : Ma Salope Chérie
J'aimerais être le riz qui accompagne son burrito. Le churro qu'il mange en dessert. La crème brûlée dont il ne laisse pas une miette.

À : Ma Salope Chérie
De : Mia Saunders
Arrête ! Espèce de traînée. Bon sang. À côté de toi, je suis une sainte.

À : Mia Saunders
De : Ma Salope Chérie
Au moins, si je vais en enfer, tu seras là pour m'accueillir !

J'éclate de rire, et Heather me demande si c'est pour le travail. Je mets mon téléphone sur silencieux et le range dans mon sac.

— Désolée. Non, c'était ma meilleure amie. Elle prenait des nouvelles.

Je soupire et repousse mes cheveux dans mon dos. Cette chaleur va me rendre folle. Je me penche pour ajuster la ventilation et laisser la clim me rafraîchir. Voilà qui est mieux. Apparemment, Heather ne se soucie pas de gaspiller l'air frais en ayant également les vitres ouvertes.

— Vous êtes proches ? demande-t-elle en tournant pour entrer dans un parking souterrain.

Je la regarde en fronçant les sourcils. Qu'est-ce qu'elle ne comprend pas dans l'expression « meilleure amie » ?

— Ouais, comme des sœurs. On se connaît depuis toujours.

Elle soupire et met le frein à main.

— Tu as de la chance, moi je n'ai pas d'amis.

— Comment ça ? Tout le monde a des amis.

— Pas moi, répond-elle en secouant la tête. J'ai trop de travail pour pouvoir entretenir des amitiés. Anton exige le meilleur, et même si je suis seulement son assistante, je n'ai pas droit à l'erreur. J'ai un diplôme en management d'affaires, j'espère qu'un jour, je prendrai les décisions stratégiques pour un artiste. Mais si je veux que mes rêves se réalisent, il faut que je travaille dur.

— Je suppose, ouais.

Je lui emboîte le pas, et nous passons devant une rangée de voitures de luxe.

— Waouh, je chuchote en regardant la Mercedes, le Range Rover, la Cadillac, la BMW, la Ferrari ainsi que plusieurs voitures de marques européennes que je n'ai pas le temps d'admirer.

Or, je n'ai pas fini d'être surprise, car tout de suite après la dernière voiture, j'arrive au paradis et mes pieds refusent d'avancer davantage. Je suis face à une BMW HP2 Sport, bleue et blanche, avec un moteur 1170. Je crois que je viens de mouiller ma culotte. Ensuite vient un MV Agusta F4 1000, la seule moto au monde à avoir un moteur à cylindres en étoiles. Je lâche la poignée de ma valise pour caresser le superbe siège de la troisième bécane, une Icon Sheene toute noire, avec une finition chrome brillante. Je m'accroupis et la caresse du bout du doigt, retraçant ses courbes et son design audacieux. Ce bolide coûte plus de cent cinquante mille dollars. *Jésus Marie Joseph !*

De l'air, il me faut de l'air ! Je retiens mon souffle dans un cri aigu, incapable d'arracher mon regard de cette œuvre d'art. *Viens mon p'tit. Viens voir maman.* Je pourrais vivre dans ce garage et passer mon temps à admirer les motos de mes rêves.

— Euh, allô ? La Terre appelle Mia ! Qu'est-ce que tu fais, bon sang ?

La voix d'Heather me parvient, mais je ne réponds pas. Elle est comme un moustique pénible qui revient sans cesse à la charge, peu importe le nombre de fois qu'on essaie de le tuer entre ses mains.

Je me lève lentement, reprends mon souffle et j'admire une nouvelle fois le paysage. Au fond de la rangée, je vois une KTM Super Duke peinte en orange et noir. C'est sans doute la moins chère de toutes. En tout cas, elle est depuis longtemps sur ma liste des motos que je pourrais peut-être m'acheter un jour.

— Elles sont à qui, toutes ces bécanes ?

— À Anton. C'est son immeuble. Son studio d'enregistrement est ici, ainsi que son club de danse et de gym. Il vit dans le penthouse, bien évidemment. Tous ceux qui travaillent dans son équipe ont leur appartement dans l'immeuble. Tu as ton propre loft, toi aussi, c'est celui qu'on utilise quand des amis célèbres viennent bosser sur un de ses morceaux.

— Il conduit les motos ?

Elle sourit jusqu'aux oreilles.

— Tu aimes ça, on dirait.

— On peut dire ça, ouais, je réponds alors que je n'ai toujours pas quitté des yeux le plus beau spectacle de la planète.

— Peut-être qu'il t'emmènera faire un tour.

— Qu'il m'emmènera ?

Elle hoche la tête et m'offre un sourire digne d'un panneau publicitaire pour le tout dernier parfum de luxe.

— C'est mort. Je ne monte pas à l'arrière, ma chérie. C'est moi qui conduis.

*

Heather m'accorde un quart d'heure pour me refaire une beauté avant d'être présentée à Anton. Je saute sous la douche pour me débarrasser de la sueur du voyage et lorsque je sors, je découvre la tenue qu'elle m'a choisie. Peut-être que « tenue » est un mot trop ambitieux. Ce que je trouve sur le lit en sortant de la salle de bains est un bout de tissu, un poom poom short en jean et des sandales à talons dont les lanières m'arrivent jusqu'au genou en se croisant sur mon mollet. J'enfile le short et je me mate dans le miroir. On voit clairement ma fesse dépasser du tissu. Merde. Je me mets de face, le short est si court que la poche en dépasse. Quant au top, il est plutôt mignon, un strap top de chez Aubade imprimé léopard. Je ferme les yeux, je compte jusqu'à dix et je me motive.

Tu peux le faire, Mia.

Il y a un mois, tu te promenais en bikini avec Taï et une ribambelle de mannequins. À côté de ça, ton short est une combinaison de ski. Tu n'es pas ici pour ta morale impeccable et tes bonnes manières, tu es là pour être canon et jouer dans un clip. Un clip de hip-hop.

Je pousse un grognement et j'attache mes cheveux en queue-de-cheval. J'ai l'impression qu'il fait mille degrés, bon sang. Je respire lentement par le nez, puis je me lève et je vais dans le salon où Heather m'attend, suspendue à son téléphone. Elle me reluque de la pointe des pieds jusqu'à ma queue-de-cheval. Quand ses yeux arrivent au niveau de ma tête, elle grimace. Elle vient vers moi, toujours au téléphone, et elle enlève l'élastique de mes cheveux, les laissant retomber en cascade sur mes épaules.

— Mieux, chuchote-t-elle.

Puis elle claque des doigts et se dirige vers la porte.

— Je rêve où tu viens de claquer des doigts pour m'appeler ?

La bonne entente que l'on vient de partager durant le trajet en voiture vole en éclats.

— Désolée, articule-t-elle d'un air sincère. Oui, Anton, elle est avec moi, dit-elle à voix haute, sur un ton agacé. On te retrouve au studio de danse. Oui, cinq minutes, conclut-elle en raccrochant. Mia, je suis désolée. Il a le chic pour m'énerver et il est de mauvais poil. Je ne voulais pas être impolie, je m'excuse. Apparemment, une des danseuses est nulle. Elle ne saurait pas bouger même si elle avait un essaim d'abeilles dans le froc.

J'essaie de rire avec elle, mais je n'y parviens pas car, soudain, je panique. Il ne sera pas content d'apprendre que je ne sais pas danser, moi non plus. Au moins, il ne peut pas demander à être remboursé. Il doit me payer, que je sache danser ou non. Je n'ai jamais prétendu que cela faisait partie de mes talents.

L'ascenseur s'ouvre sur une salle aux murs vitrés. Les lumières sont éteintes, remplacées par un éclairage ultraviolet et des spots qui tombent en douche sur les danseurs. Un homme en short de sport et en t-shirt tape en rythme dans ses mains en annonçant des numéros qui, je crois, indiquent aux danseurs où placer leurs pieds et leurs mains.

Heather m'invite à entrer, et nous restons debout sur le côté. C'est alors que je vois Anton Santiago pour la première fois. J'observe son corps musclé et sec, et ma bouche devient sèche. Je sens mon cœur battre dans mes oreilles tandis qu'il marche lentement en avant. Le tempo accélère et Anton accentue le mouvement de ses épaules et de son bassin en se déhanchant. Il est en sueur, et son t-shirt est assombri entre ses pectoraux carrés et jusque sur ses abdos anguleux. Il est canon, et son corps me crie de le tenir, de le toucher, de me mettre nue devant lui.

Il fait une pirouette, imité par les danseurs, puis il se jette à plat ventre par terre. Il fait une série de pompes en rythme, puis une autre sur une main. Les muscles de ses bras sont délicieusement saillants. Encore une série, mais cette fois il fait une vague avec son corps, rapprochant ses hanches du sol comme s'il lui faisait l'amour. Doux Jésus ! Je n'ai qu'une envie, ramper et m'allonger sous lui pour qu'il s'entraîne sur un être vivant au sang très chaud. En parlant de chaud, il fait mille degrés ici ! J'évente mon visage en le regardant lorsqu'il se lève d'un bond et qu'il répète le mouvement de son bassin sur les paroles les plus sexy que j'ai entendues de toute ma vie.

— *Ride it baby, ride*[1]...

Ondulation.

— *With me, I'll go all night*[2]...

Coup de bassin.

— *Let me do you right*[3]...

Ondulation.

— *And ride it baby ride*[4]...

Coup de bassin.

Il prend son paquet dans sa main et le remonte en se cambrant. On dirait un dieu métis qui vient de se taper la nana de ses rêves et qui vérifie l'état de son arme avant de replonger dans une bataille menée par son sexe.

Tout à coup, la musique s'arrête.

— Ok, tout le monde, c'est tout pour aujourd'hui. Anton, on est bon, dit le mec en short.

Anton ne dit pas un mot et se contente de hocher la tête. Deux filles accourent vers lui avec de l'eau et une serviette.

---

1. Chevauche-la, Bébé, chevauche-la...
2. Avec moi, j'irai toute la nuit...
3. Laisse-moi te donner du plaisir...
4. Et chevauche-la, Bébé, chevauche-la...

— Oh, Anton, tu étais génial. Tu étais tellement sexy !

Il s'arrête quelques mètres devant moi sans me quitter des yeux. Vert sur vert. Son regard est brûlant, le mien mort de faim.

— Laissez-moi.

— Mais je pensais qu'après la répétition on allait s'amuser ? dit l'une, cherchant désespérément son attention.

Il fronce les sourcils.

— Anton n'aime pas les redites. _Vete al carajo_*[1], crache-t-il en les balayant de côté.

À voir leurs grimaces et leurs tristes mines, je crois qu'il vient de leur dire d'aller se faire foutre.

— _Lucita_*.

Il se lèche les lèvres, et mon sexe se contracte. Oui, il suffit d'aussi peu.

— Maintenant que tu es là, que diable va-t-on faire de toi ?

Son accent portoricain me séduit immédiatement. Il me reluque de nouveau des pieds

1. *Toutes les expressions suivies d'un astérisque sont en espagnol portoricain dans le texte.

à la tête, et mon sang s'embrase. La réaction est la même que s'il m'avait touchée avec ses doigts plutôt qu'avec ses yeux.

Ses pupilles s'emplissent de désir. Nous restons là, regards verrouillés, livrés à une bataille visuelle l'un avec l'autre. Mes narines se dilatent, mes yeux s'ouvrent grand, et, enfin, j'arrive à parler.

— Tu pourrais me nourrir, je meurs de faim.

Heather, plus près de moi que je ne le pensais, pouffe de rire, rompant la tension entre le latin lover et moi. Maintenant que je l'ai sous les yeux, je comprends d'où lui vient son nom.

— Désolée, Anton, s'excuse-t-elle en souriant lorsqu'il la fusille du regard.

— Mia, viens, on va te remplir, dit-il en me tendant la main.

J'imagine immédiatement des tas d'autres choses qui pourraient me remplir en dehors de la nourriture. Je me lèche les babines et je souris.

— Allons-y.

Chapitre 2

Nous suivons Anton dans l'ascenseur jusqu'au penthouse. Les portes sont à peine ouvertes qu'il sort dans l'appartement, nous laissant seules dans l'entrée.

— Tu sais quoi faire, H, lance-t-il par-dessus son épaule sans nous accorder un regard.

Heather me guide dans la direction opposée à celle de son patron.

— Viens, ma belle. Je pense qu'on a mérité un verre. Un grand.

Les murs de la cuisine ouverte sont entièrement recouverts de placards blancs. Chacun possède une poignée en fer forgé différente des autres, comme si elle avait été faite sur-mesure. Un plan de travail immense s'étend d'un côté à l'autre de la cuisine, accueillant de l'électroménager dernier cri. Dix tabourets sont alignés devant le bar en granit noir, et j'en tire un pour m'y installer, tirant sur mon short pour m'assurer que mes fesses ne pendent pas du siège. C'est un look qui ne va à personne.

— Tu aimes la grenade ? demande Heather en sortant deux verres à martini du placard.

— J'adore.

Elle sort du congélateur une énorme bouteille de vodka Grey Goose, un shaker en métal et une brique de jus de fruits.

— Alors, qu'est-ce qu'Anton a prévu de me faire faire ? je demande tandis qu'elle verse une bonne dose de vodka sur les glaçons puis un chouïa de jus.

— Tu veux dire en dehors de la chambre ? répond-elle sur un ton accusateur.

Je la regarde en écarquillant les yeux, bouche bée, choquée par son audace.

— Ne fais pas ta prude. J'ai vu la façon dont vous vous êtes reluqués dans le studio, tout à l'heure. Je lui laisse jusqu'à ce soir minuit pour te mettre à poil.

Elle pose le verre de martini plein à ras bord devant moi.

— À la nôtre, dit-elle avant d'en boire une longue gorgée.

Je l'imite, cherchant un peu de courage pour la remettre à sa place.

— Tu as vraiment une piètre opinion de moi, n'est-ce pas ?

— Tu ne baises pas avec tous tes clients ? Tu es pourtant escort.

Je repose brusquement mon verre, renversant le liquide rose sur le comptoir.

— Je baise avec qui je veux et quand je veux. Ça ne fait absolument pas partie de mon contrat. Je suis une escort, pas une pute. Je propose ma compagnie et je remplis un besoin, mais ça ne veut pas dire que je couche avec mes clients.

Bien sûr, j'ai couché avec certains d'entre eux, mais pas tous, et Heather n'a pas à le savoir.

C'est moi qui décide où et avec qui. Point barre.

Des images de celui qui a voulu me violer se pressent dans mes pensées. Si je le pouvais, j'enfermerais ces horribles souvenirs dans un placard sombre et j'en jetterais la clé. Je refuse de me laisser contrôler. Un désir de vengeance envahit ma poitrine et saisit ma gorge, nourri par la peur de ce qui s'est passé avec Aaron.

— Maintenant, je sais pourquoi tu n'as pas d'amis. Tu critiques sans savoir, tu es impolie et tu es une peste !

Heather recule jusqu'à se cogner contre le frigo en inox. Ses yeux sont brillants, elle se racle la gorge et pose une main sur sa poitrine.

— Je suis désolée, Mia. C'était malvenu de ma part.

— Je ne te le fais pas dire !

J'ai mal à la mâchoire à force de serrer les dents. Je vide mon verre, le liquide brûlant me détend les muscles.

— Excuse-moi, Mia. Je ne t'ai pas embauchée pour lui tenir compagnie au lit. Il a plein de nanas pour ça. Toi, tu es là pour jour le rôle féminin principal de son nouveau clip. Une séductrice qu'il désire, mais qu'il ne peut pas avoir.

Une séductrice. Eh bien, voilà un rôle que je n'ai encore jamais incarné. Cela paraît ridicule, surtout après la conversation que nous venons d'avoir, mais je ne peux me retenir d'éclater de rire. Je ris tellement fort que je m'étouffe à moitié, grogne comme un cochon et pleure à chaudes larmes.

Heather me regarde en haussant les sourcils.

— Euh, ok ! Eh bien, à l'avenir je réfléchirai à deux fois avant de te donner un martini, dit-elle en me faisant un clin d'œil.

— Désolée. C'est juste que la journée a été bizarre. D'ailleurs, le mois dernier était dingue. Ma vie est sens dessus dessous.

Je passe ma main dans mes cheveux et réalise à quel point ils sont longs. Peut-être aurai-je le temps de faire un tour chez un coiffeur pendant mon séjour avec le latin lover.

Malgré ce qu'elle a dit, Heather remplit à nouveau nos verres.

— On fait la paix ? Je n'ai vraiment pas envie que tu me détestes et j'ai sincèrement mal compris ce que tu faisais.

Ses yeux bleus semblent soudain très ronds et très grands, lui donnant un air parfaitement innocent. Je lui tends la main, elle la regarde quelques secondes avant de la serrer lentement.

— Amies ?

— Amies, répond-elle en souriant.

— C'est rarement bon signe pour un homme lorsque deux femmes se serrent la main autour de cocktails alcoolisés. Qu'est-ce que vous manigancez ?

Anton entre dans la pièce, vêtu d'un pantalon en lin blanc et d'une chemise verte qu'il a laissée ouverte, révélant des abdos parfaits. Des pieds soignés dépassent de son pantalon trop large, et je me surprends à vouloir les lécher. Ça en dit long sur le spécimen magnifique qui se tient devant moi. Je le regarde se mouvoir avec la grâce d'un guépard, malgré le poids de ses muscles gonflés. Anton n'est pas petit, mais il n'est pas non plus très grand. Je suppose qu'il doit mesurer un mètre quatre-vingts, quelques centimètres de plus que moi. Cependant, j'ai tendance à préférer des hommes plus grands, comme Wes et Alec.

Wes et Alec. Mes sentiments pour ces deux hommes sont aussi forts que différents. Pour l'un, ils vont de pair avec un rêve d'avenir, pour l'autre, avec un désir inextinguible.

Anton avance vers Heather et passe un bras autour de ses épaules.

— Alors, H, c'est *Lucita** qui va jouer la femme hors de portée dans mon clip vidéo ? demande-t-il sans me quitter des yeux.

Elle hoche la tête en silence et lève les yeux au ciel. Quant à Anton, il tripote sa lèvre inférieure en me toisant du regard. Chaque centimètre de ma peau que touchent ses yeux s'embrase comme si c'étaient ses doigts qui me caressaient.

Mon cœur bat la chamade. Bon sang, tout est excitant chez cet homme, son visage, sa façon de bouger, de parler. Son accent portoricain, avec cette manière de rouler les « r », est loin de me laisser insensible. Or, j'aimerais ne rien ressentir après ce qui s'est passé avec Aaron. Monsieur latin lover doit être surchargé en phéromones, car mon corps prend le dessus sur ma tête et mon cœur.

— Tu es sacrément canon, Chérie. Tu sais bouger ?

— Euh, bouger dans quel sens ?

Il s'éloigne d'Heather et contourne le bar sur la pointe des pieds en faisant une série de pirouettes. Il glisse vers moi en frappant dans ses mains, puis il se déhanche et bombe le torse. Il s'arrête à quelques millimètres de mon visage et je sens un parfum de savon et de noix de coco qui me rappelle la plage ensoleillée d'Hawaï. Bon sang, je rêve d'être sur cette plage, de préférence sous ce dieu du sexe.

— Bouger, *muñeca**, chuchote-t-il.

Je sens la chaleur de son souffle contre mon visage, de petites bouffées d'air qui titillent mes nerfs et réveillent mon désir après un long mois ensommeillé. Je soutiens son regard et me rapproche encore de lui, appuyant ma joue contre la sienne pour chuchoter dans son oreille.

— Que veut dire *muñeca* ? je susurre.

— Poupée, répond-il d'une voix rauque.

— Et *Lucita* ? je demande en effleurant sa barbe naissante du bout des lèvres.

Il pousse un grognement et effleure ma hanche avec sa main, de façon si légère que je le remarque à peine.

— Petite lumière.

Petite lumière ? Je recule le visage, rompant l'intensité du moment et la brume de désir qui nous enveloppait.

— Petite lumière ? je demande en gloussant. Pourquoi ?

Du bout des doigts, il effleure mon épaule et descend jusqu'à mon poignet. Tout d'abord, ma peau se couvre de chair de poule. Puis des frissons remontent le long de mon bras en glaçant mon sang. Ma poitrine se contracte et mon ventre fait un saut périlleux. Un voile noir couvre ma vue, et mon cœur bat la chamade dans mes oreilles. Ma peau me semble trop étroite et chacun de mes nerfs me crie de courir, de m'enfuir, de me recroqueviller sur moi-même.

— Je vais te tringler comme la pute que t'es, espèce de salope, gronde-t-il en crachant sur mon visage.

Il m'écrase contre le mur de la bibliothèque. Le bruit horrible de sa braguette glace mon sang. Je hurle plus fort, mais il mord ma bouche avant de cogner ma tête contre le béton. Mon crâne est sur le point d'exploser et des étoiles brillantes dansent devant mes yeux.

— Non !

— Non ! je crie en repoussant le corps qui se tient trop près de moi.

Je fais un bond en arrière et recule jusqu'à rencontrer le bord d'un canapé. Un canapé ? Comment est-ce possible ? Je secoue lentement la tête pour me débarrasser des images du passé qui m'empêchent de raisonner.

Bordel de merde ! C'était quoi, ça ?

Quatre yeux horrifiés m'observent alors que je reviens sur terre.

— Mia… chuchote Heather en se couvrant la bouche.

— *Lucita**, je… *perdóname**. Je suis désolé. Je t'ai fait mal ? demande Anton d'une voix douce et effrayée.

Merde. Pourquoi j'ai eu ce flash-back ? Qu'est-ce qui l'a déclenché, bon sang ?

— Non, non, c'est moi qui suis désolée. Je crois que je suis fatiguée du voyage. Je n'ai pas mangé et j'ai bu mon martini trop vite… ouais, je pense que c'est ça.

Ça doit être ça, non ?

— Allons te trouver à manger, dit Anton, l'air inquiet. Je ne tolère pas que les besoins de mon équipe ne soient pas assouvis. Viens. H, allons dîner dans notre resto préféré.

Il me tend la main et je lui donne la mienne. Je ressens les signes familiers du désir, mais ils sont désormais mêlés à une légère angoisse. C'est. Quoi. Ce. Bordel. Ça ne te ressemble pas, Mia. Il faut que je comprenne ce qui se passe, et vite. Mais comment faire ?

Pour l'instant, je me contente de suivre Anton et Heather, l'esprit confus et la peur au ventre.

*

Le dîner est fabuleux. Je savoure un plat de *gnocchi al gorgonzola*, une spécialité de *Il Gabbiano*, le resto italien chic où nous sommes installés. Je ne suis pas du tout habillée pour l'occasion, mais Anton et Heather ne le sont pas non plus. Lorsque nous sommes entrés, suivis de près par plusieurs gardes du corps, le manager s'est précipité sur nous. Il nous a immédiatement proposé une table dans un coin calme avec une vue imprenable sur l'océan Atlantique. Anton a commandé des amuse-bouches sans jamais cesser de sourire à la serveuse, et je ne pense pas me tromper en disant que ses yeux verts ont séduit toutes les femmes autour de nous. Heather et moi commandons les mêmes antipasti, mais pour la suite, j'ai besoin d'un plat bourré d'un million de calories alors qu'elle préfère une salade. Je commande donc mon plat préféré de tous les temps, des gnocchis recouverts de sauce crémeuse.

Anton demande des pâtes aux crevettes et engloutit son assiette avec une vitesse et une efficacité surprenantes, comme si les fruits de mer allaient replonger dans l'océan. Lorsque je lui demande pourquoi il mange si vite, il fronce les sourcils, s'essuie la bouche et concentre son regard au loin, laissant Heather changer subtilement de sujet. Apparemment, elle sait quelque chose de ce sujet sensible. Je la regarde du coin de l'œil et elle secoue la tête discrètement. Nous parlons alors du clip vidéo et de la manière dont les choses vont se dérouler.

Je ne peux plus le repousser, il est temps de leur dire que lorsqu'il s'agit de danser, j'ai toute la grâce d'un éléphant dans un magasin de porcelaine.

— Tu n'as aucune base ? demande Anton en fronçant les sourcils.

Je secoue la tête et me mords la lèvre. Il lève la main, frotte sa barbe et gonfle ses poumons.

— Il va falloir y remédier. Tu es *perfecta**… pour le rôle de la séductrice. H, tu n'aurais pas pu choisir une meilleure candidate. Il faut résoudre ce problème.

Il frotte ses mains l'une contre l'autre et regarde Heather avec un regard complice.

— Tu penses ce que je pense ?

Heather tapote sa lèvre du bout du doigt et hausse les épaules.

— Si elle est disponible. Son contrat à la San Francisco Dance Company vient de prendre fin, et ce pervers qui harcelait son groupe d'amies est parti. Peut-être qu'elle pourrait régler les problèmes que tu as avec les danseuses. Je vais l'appeler et lui demander si ça l'intéresse de sauver ta peau. Mais tu sais que ce ne sera pas gratuit.

— Comme tout sur cette terre, non ? répond Anton en éclatant de rire. Je la veux. J'en ai assez de supporter cet abruti, et ses chorégraphies contemporaines sont les meilleures. Sans parler de son goût pour la fusion latine. Elle saura tout de suite quoi faire pour que ce soit parfait. Je veux que tous les regards soient sur Mia. Je veux qu'elle soit si sexy que tous les spectateurs en auront l'eau à la bouche. Tous les hommes la désireront, mais aucun ne l'aura.

Un sourire machiavélique se dessine sur ses lèvres et il met une crevette entière dans sa bouche, laissant tomber la queue dans son assiette. Il sourit jusqu'aux oreilles, clairement emballé par sa nouvelle idée.

— Alors, euh, qui est cette chorégraphe ?

Heather boit une gorgée de vin blanc et s'essuie la bouche.

— Une danseuse contemporaine avec un talent incroyable. Elle était l'étoile de la San Francisco Dance Company durant ces deux dernières années. C'est pour ça qu'on n'a pas pu l'engager. Anton est tombé amoureux de son corps et de sa façon de bouger quand on a vu son spectacle l'an dernier.

— Tu aimes aller voir des ballets ? j'interromps d'un air surpris.

— Oui, *Lucita**, ça me calme. J'aime voir les autres danser et chanter.

— Bref, coupe Heather, on a découvert qu'elle enseignait exclusivement pour le San Francisco Theatre. Elle ne quittera pas SF pour Miami, Anton. Apparemment, elle doit rester auprès de ses sœurs. Mais si on lui offre assez d'argent et qu'on ne traîne pas, peut-être qu'elle acceptera de venir tant que Mia est là et qu'on filme. Ça pourrait vraiment donner du cachet à ce clip, dit-elle en se levant brusquement. Je vais l'appeler maintenant. Ils ont trois heures de décalage, donc ce ne sera pas trop tard.

Sans un mot de plus, elle quitte la table et sort sur le balcon.

Je sirote mon vin en regardant l'océan, profitant de la brise qui s'enroule autour de nous.

— Elle est sacrément efficace, ton assistante.

— Elle l'est. C'est pour ça que je la garde, répond Anton en souriant.

— Je peux être franche avec toi ?

Il recule dans sa chaise, pose une cheville sur son genou et tend les bras de chaque côté de lui, comme pour montrer qu'il n'a rien à cacher.

— Bien sûr.

— Pourquoi tu lui parles toujours aussi sèchement ? Tu n'as pas peur qu'elle en ait marre et qu'elle démissionne ?

Je ne suis là que depuis quelques heures et je me demande déjà comment elle peut rester avec lui alors qu'il passe la moitié du temps à se comporter comme le dernier des enfoirés. Il faut dire que l'autre moitié du temps, il a l'air détendu et facile à vivre, comme s'il avait deux facettes radicalement différentes.

— Qu'est-ce qui te fait dire ça ? demande-t-il sur un ton suspicieux.

— Je ne sais pas. Peut-être la façon dont tu l'agresses au téléphone, marches devant elle comme si elle était ton pion et aboies des ordres par-dessus ton épaule en t'éloignant.

— Mais l'opinion d'Heather compte plus que tout, la sienne est la seule à laquelle j'accorde de l'importance. J'ai une confiance en elle sans limites.

— Ça ne se voit pas.

Anton prend son verre de vin et le vide.

— Elle t'a dit qu'elle voulait démissionner ?

À l'évidence, l'idée qu'Heather le quitte le perturbe.

— Non ! Pas du tout, mais j'ai eu l'impression qu'elle souhaite être davantage pour toi.

— Davantage ? Tu veux dire… qu'on soit en couple ?

Je secoue la tête. Est-il possible qu'il soit narcissique à ce point ? Je regarde ce corps et ce visage qui pourraient faire pleurer les anges. Je suppose qu'il est en droit d'être arrogant.

— Pas que je sache, non. Je parlais du travail. Elle a mentionné qu'elle voulait être manager pour un artiste. Il semblerait justement que tu n'aies pas de manager en ce moment.

Anton porte sa main à sa bouche et caresse sa délicieuse lèvre avec son pouce.

— Je n'en ai pas, c'est vrai. D'habitude, je fais part de mes décisions à H et elle s'occupe de tout mettre en place.

Voilà qui est intéressant.

— Donc, elle est déjà plus ou moins ta manager, sans les avantages et le prestige du titre ? C'est pas cool pour elle.

Je tripote nonchalamment mes cheveux et je me tourne face à l'océan afin de lui laisser de la place. La vue est superbe et j'ai un pincement au cœur en réalisant combien ma maison me manque.

Ma maison.

Merde. Sans le vouloir, il semblerait que j'aie répondu à la question qui me taraude depuis plusieurs mois.

Ma maison est en Californie.

Chapitre 3

Les rayons du soleil pénètrent par les rideaux et m'aveuglent. C'est mon troisième jour à Miami, et j'ai enfin l'impression d'avoir suffisamment dormi. Hier, j'ai enchaîné les rendez-vous avec l'esthéticienne, la styliste et toute l'équipe d'Anton. Cet après-midi, nous allons rencontrer la chorégraphe, qui a demandé à être immédiatement présentée aux danseurs. J'espère que cela ne signifie pas qu'elle sera trop dure. Je suis aussi angoissée qu'excitée à l'idée de travailler avec une danseuse étoile, et je me demande si elle va réussir à me faire bouger sans que j'aie l'air de Mister Bean.

Le fait que je ne sache pas danser a toujours été un sujet de discorde avec mon agent. Je sais chanter juste, jouer n'importe quel rôle et, apparemment, être modèle, mais je n'ai jamais été douée pour remuer mes fesses, enfin pas sur de la musique. Ginelle, en revanche, n'a eu aucun mal à en faire son métier. Le public du *Burlesque Dolls*[1] *Show* l'adore. Elle a beau être minuscule, elle a de sacrées formes et elle bouge mieux que quiconque.

Je suis soudain accablée de tristesse en pensant à Gin, qui aurait adoré être ici pour rencontrer une célèbre chorégraphe de San Francisco. Quand je saurai qui est cette femme dont Anton est complètement gaga, je l'appellerai pour le lui dire.

Mon téléphone sonne dès que je l'allume. J'ai un message de Maddy qui me dit que ses cours se passent bien et me remercie pour le dernier chèque que je lui ai envoyé. Cela me

1. Poupées.

perturbe toujours de ne plus avoir à payer ses courses ni ses factures. Toutefois, je me force à respirer, à compter jusqu'à dix et à me détacher un peu plus, comme je le fais chaque jour. Je ne raccrocherai jamais complètement mes responsabilités lorsqu'il s'agit de ma petite sœur. Cependant, je dois me rappeler qu'elle est adulte, qu'elle vit avec son fiancé et que sa carrière et ses objectifs sont fixés. Elle est heureuse, en bonne santé, en sécurité, et elle est avec un homme qui semble se soucier de ses moindres envies. En tout cas, il a intérêt à rester ainsi ou je le ligoterai pour l'épiler poil par poil.

Le message suivant me glace le sang. Mon Dieu, je vais tuer ma meilleure amie. Je ne vois qu'un moyen pour qu'il ait appris la date de mon anniversaire : quelqu'un le lui a dit, et ce quelqu'un, c'est Ginelle.

À : Mia Saunders

De : Wes Channing

Un petit oiseau m'a dit que c'était ton anniversaire la semaine prochaine, et que tu étais à Miami. Réserve-moi un jour. Tu ne peux pas avoir envie de passer ton anniversaire avec un étranger. Je viens te voir. Tiens-toi prête. On a plusieurs mois à rattraper.

Je m'assieds dans le lit et j'appelle la vipère qui m'a dénoncée.

— A… allô ? répond une voix endormie. Mia, tout va bien ?

— Comment tu as pu faire ça ? je gronde.

— Il fallait que quelqu'un le fasse, marmonne-t-elle en bâillant.

— Tu es sérieuse ? Il fallait que quelqu'un le fasse ? C'est ça ta réponse ? Je suis folle de rage ! je crie en chuchotant.

D'ailleurs, pourquoi je chuchote ? Il n'y a personne avec moi dans cette chambre.

Ginelle pousse un grognement et bâille de nouveau.

— Mia, j'ai tiré au sort les mecs dont j'ai volé les numéros dans ton téléphone.

Je lève les yeux au ciel et ma mâchoire se contracte. En même temps, c'est tout Ginelle, ça, je ne sais pas pourquoi je suis surprise.

— C’est tombé sur Wes. Tu ne peux pas être toute seule pour ton anniversaire. Je viendrais bien, mais avec les vacances que j’ai prises en mai, je n’ai plus de congés. Il est quelle heure, au fait ?

Je regarde le réveil sur la table de chevet. Huit heures du matin sur la côte Est.

— Il est cinq heures à Vegas, je réponds en ricanant. Bien fait pour toi ! À cause de toi, je dois gérer l’arrivée de Wes.

— Que tu le gères ? Hmm, je ferais bien plus que ça, à ta place. D’ailleurs, pourquoi tu m’en veux ?

Elle n’a pas tort. Gin se mêle tout le temps de mes affaires et je ne me suis jamais énervée contre elle. Peut-être que je ne suis pas prête à voir Wes alors que je n’ai toujours pas digéré ce qui s’est passé avec Aaron. Et puis, c’est sans parler du fait que je suis en train de tomber amoureuse de lui. Merde ! C’est ça, le problème. Mon cerveau peut se débattre et lutter autant qu’il le souhaite, en fin de compte, le résultat est le même. Je suis amoureuse de ce dieu du sexe blond qui est aussi beau en maillot de bain qu'en costume ou à poil. Bien sûr, je préfère la version nue. Je me lèche les lèvres en repensant à notre dernière rencontre à Chicago. C'était intense, charnel, et je m'en souviendrai toute ma vie.

— Allô, Mia ? Qu'est-ce qui se passe ? Tu es de mauvais poil depuis que ce connard t'a tripotée à Washington.

— Gin ! Il m'a agressée !

— Je sais, ma chérie, dit-elle d'une voix plus douce. Excuse-moi. C'est simplement que je ne veux pas que ce qu'a fait ce connard prenne le dessus sur la personne que tu es. Personne n'a le droit d'avoir un tel pouvoir sur toi, tu te souviens ? C'est ce que tu m'as dit après l'enfer que Blaine t'a fait traverser.

— Je ne sais pas, meuf. Anton est beau à mourir et…

— Meuf, ce que je ne donnerais pas pour être à ta place ! Ou plutôt non, pas à ta place, parce que toi, tu fais la prude. « Tu nous vois, moi et mes nichons énormes ? Viens les voir ! Ah non ! Tu ne peux pas les toucher ! » Moi, je serais déjà à genoux devant ce demi-dieu au chocolat et je le sucerais comme une glace au cappuccino.

— Ça, je n'en doute pas, espèce de traînée, je réponds en riant.

— Qui, moi ?

Je pousse un grognement et me laisse retomber sur le lit.

— Mais Gin, dès qu'il s'est approché, j'ai paniqué. J'ai été replongée le soir où Aaron m'a agressée.

Je fronce les sourcils et je tripote une cuticule jusqu'à ce qu'elle saigne. La douleur n'est rien à côté de l'angoisse que je ressens à l'idée d'être plus traumatisée que je ne le pensais.

— Hmm, je crois qu'il faut que tu t'accordes plus de temps. Il te met la pression ? demande-t-elle d'une voix sèche, déjà sur ses gardes.

— Non, non, non. Pas du tout. C'est juste qu'au début, on a pas mal flirté. Mais maintenant, c'est comme si ma libido était entrée en hibernation.

— Peut-être que l'arrivée de Wes est justement ce qu'il te faut. Tu sais, pour t'aider à retrouver ton groove.

— Peut-être. Mais tu me le paieras quand même, je réponds en m'efforçant d'avoir l'air toujours en colère.

— Alors, tu me pardonnes de m'être mêlée de tes affaires ? demande-t-elle d'une voix nerveuse.

— Ouais, pour l'instant. Mais, dorénavant, je t'interdis de contacter les mecs pour qui j'ai bossé. Je suis sérieuse, Gin.

— Promis ! Parole de scout !

— Tu n'as jamais été scout ! je gronde en riant.

— Ouais je sais, mais ça sonnait bien, glousse-t-elle.

— Bref. Rendors-toi, ma salope, je dis en souriant.

Elle a beau ne pas me voir, je sais qu'elle devine que je lui ai pardonné d'avoir contacté Wes.

— À vos ordres, capitaine. Je t'aime, pupute.

— Je t'aime encore plus, p'tite garce.

Je raccroche et je relis le message de Wes. Il sera là dans une dizaine de jours.

Mon anniversaire est le 14 juillet.

À : Wes Channing

De : Mia Saunders

Ginelle aurait dû se taire. Tu n'es vraiment pas obligé de venir. Je vais très bien. J'aime savoir que tu penses à moi.

Aimer ?

Revoilà ce mot. L'amour. Est-ce que j'aime Wes ? Véritablement ? Je ne sais pas. Sans doute. Peut-être. Quoi qu'il en soit, je ne peux guère me permettre d'y penser alors que je suis avec un autre client.

Un client qui, pour reprendre l'expression de Ginelle, est un véritable demi-dieu au chocolat et un coureur. Cela dit, qui suis-je pour le juger ? J'ai couché avec Wes, Alec, Taï, et me voilà, dans l'appartement d'un énième homme richissime, à contempler ô combien il est baisable.

Je reprends mon téléphone et j'ouvre l'application Internet pour chercher la définition du mot *coureur*.

Coureur

1. *Personne ou animal qui court ou qui est apte à la course.*

2. *Personne qui fait des courses ou entreprend des démarches pour quelqu'un d'autre.*

Ce ne sont pas les définitions que je cherche. Plus bas sur la page, je vois un lien vers le « Dictionnaire métropolitain » et je clique dessus.

Coureur
Homme qui cherche les aventures galantes et qui est doué pour séduire les femmes en feignant d'avoir des sentiments, alors que seul le sexe l'intéresse.

Alors, le terme « coureur » ne serait employé que pour les hommes ? Je meurs d'envie de répondre oui et de m'arrêter là, mais ma conscience ne m'autorise pas à le faire. Je me retrouve donc sur la page d'Intellectopédia, qui ne m'a jamais déçue jusque-là et qui ne va pas commencer maintenant.

Apparemment, un coureur peut faire référence à « un homme ou une femme qui a des relations romantiques ou sexuelles avec le sexe opposé sans aucune intention de se marier ou de s'engager dans une relation monogame ».

C'est tout ce que j'avais besoin de voir. C'est officiel. *Mia Saunders, ma belle, tu es une coureuse.*

*

Après avoir passé un temps fou sous une douche bouillante, jusqu'à ce que ma peau soit rose, je me dirige vers l'ascenseur. Le message d'Heather me dit de m'habiller de façon décontractée et de retrouver Anton sur le toit. Je ne vois pas pour quelle raison on devrait aller sur le toit, mais c'est eux qui me paient, alors je m'exécute sans broncher. Cela fait une heure que j'ai écrit à Wes et je n'ai toujours pas de nouvelles. En même temps, je ne sais pas quelle réponse j'attends de lui. Va-t-il insister et se frayer un passage jusque dans mon cœur ? Une part de moi le désire si fort que c'en est douloureux. Mais une autre part de moi souhaite poursuivre notre relation telle qu'elle est, du moins pour l'instant. Pas d'attentes, pas d'obligations l'un envers l'autre, de simples amis. *Des amis qui se font du bien*.

Est-ce vraiment la relation que je souhaite avoir avec Wes ? Mon Wes ? Merde. Depuis quand est-il devenu *mon* Wes ? Sans doute quelque part entre le moment où j'ai admis que je tombais amoureuse de lui et celui où je me suis avoué que ma maison était en Californie. D'ailleurs, elle n'est pas seulement en Californie, mais à *Malibu*. Chez lui. C'est là que je me suis sentie le plus moi-même. Libre d'être Mia.

Je ricane et j'appuie si fort sur le bouton de l'ascenseur que j'en ai mal au pouce. Je le secoue et regarde les numéros s'afficher sur l'écran au-dessus de la porte. Pourquoi maintenant ? Après avoir vécu une expérience traumatisante à Washington et avoir pansé mes plaies chez Mace, je viens ici pour travailler avec un mec canon qui n'a pas de scrupule à montrer qu'il me désire, et j'en suis là ? Était-ce inévitable ? J'ai l'impression que mes émotions et mes peurs bouillonnent en dessous de la surface, comme un volcan prêt à entrer en éruption à tout moment.

La sonnette de l'ascenseur retentit et j'émerge dans un monde étrange. Des plantes et des arbres m'accueillent, l'air est humide et presque irrespirable.

— Waouh… je chuchote en déglutissant.

— *Lucita**, par ici ! crie Anton.

J'aperçois la forme d'un homme, une silhouette en blanc qui se déplace d'une plante à une autre. J'approche et je vois qu'il est vêtu tout en blanc, depuis sa chemise à ses baskets en toile, en passant par son pantalon en lin. Cependant, toute sa tenue est maculée de taches de terre. Son énorme chapeau en paille de style asiatique dépasse tout juste du pot derrière lequel il est accroupi. Je m'arrête devant lui et le regarde arracher des mauvaises herbes.

— Qu'est-ce que tu fais ?

— Je jardine. Il y a des gants, là-bas. Tu as la main verte ? demande-t-il sur un ton plein d'espoir.

— Hélas, je crains que non. J'ai tendance à tuer la plupart de mes plantes.

Il se redresse et sa chemise colle à son torse, révélant ses muscles. Un frisson d'excitation chatouille mon ventre, mais disparaît lorsqu'il fait un pas vers moi et se retrouve à portée de bras.

— On va y remédier, d'accord ?

Je hausse les épaules et j'enfile les gants.

— Je n'ai jamais jardiné, en fait. À Las Vegas, on est adeptes du jardin zéro, c'est-à-dire qu'on met du gravier plutôt que de la pelouse, des cactus plutôt que des arbustes et des succulentes plutôt que des fleurs. Il ne faut pas grand-chose pour les garder en vie.

— Ah, mais tu sais, le plaisir vient du fait de s'occuper d'autre chose que de soi-même.

C'est une belle façon de voir les choses.

— Regarde, tu vois cette plante ?

Je suis son doigt jusqu'à la pousse verte qui ne ressemble pas aux autres.

— Cette mauvaise herbe finira par envahir tout ce pot de papaye. Et tu vois ça ?

Il me montre une fleur superbe que je n'ai jamais vue. Elle est d'un violet très foncé en son centre, avec trois longs pétales d'un vert acidulé.

— Les mauvaises herbes vont infester tout le bac et tuer la beauté qui y réside. Un peu comme les pensées négatives.

— Comment ça ?

Il m'offre un sourire doux, et ses yeux pétillent.

— Assieds-toi avec moi, *Lucita**.

Je lui obéis et je pose mes fesses sur le bord d'un pot rempli de fleurs.

— Les pensées négatives se plantent dans le cerveau comme une graine. Lorsqu'elles poussent, elles envahissent ton esprit et t'empêchent de voir clairement la vérité et la beauté qui t'entourent, ou de voir la sincérité d'une personne. En fin de compte, ces pensées prennent le dessus et tu ne peux plus profiter de la joie que te procure cette personne. Comme cette mauvaise herbe. Elle va grandir et infester tout le pot, jusqu'à ce que toute la beauté qu'il contient soit détruite et qu'il ne reste plus que la seule chose que tu ne voulais pas. Dans ce cas, la mauvaise herbe est la pensée négative.

— Tu me surprends.

Je pose ma main sur son biceps et je le serre. Il répond en posant une main sur mon genou, et je me fige. Une peur et une laideur sans nom éclatent à l'endroit où sa main me touche et elles se propagent dans tout mon corps, saisissant ma poitrine, m'empêchant de respirer. Ses yeux verts cherchent les miens, puis il les ferme, clignant lentement avant de lâcher mon genou. Je peux de nouveau respirer. Je tourne la tête, pose mes mains sur mes genoux et respire par le nez en essayant d'être discrète. Bien sûr, cela ne marche pas, mais Anton a le tact de ne rien dire.

Lorsque je redeviens moi-même, il me regarde en jouant des sourcils et il lèche ses délicieuses babines.

— Je surprends la plupart des gens, tu sais, dit-il en souriant.

— Alors, le jardinage c'est ton hobby ?

— *Sí**. J'adore voir de belles choses grandir. Et j'aime manger ce que j'ai semé, ajoute-t-il fièrement.

D'une certaine façon, son goût pour le jardinage donne un côté plus réel et terre à terre à ce latin lover. Cependant, sa dernière phrase me fait repenser à sa façon de manger, l'autre soir, et à sa réaction quand je lui en ai parlé.

— Est-ce que tu es passionné de nourriture, aussi ? je demande en trifouillant la feuille d'un arbuste dont je ne connais pas le nom.

Anton se lève et marche lentement vers un autre buisson.

— La nourriture est un besoin. Personne ne devrait avoir à s'en passer.

— Tu parles comme quelqu'un qui n'a pas toujours mangé à sa faim.

Sa mâchoire se contracte et il pince ses lèvres. Bingo !

— Est-ce que tu vas me dire pourquoi tu te figes quand je te touche, même si c'est amicalement ? Bien sûr, j'aimerais te toucher autrement qu'amicalement, si tu le voulais bien.

Son regard est brûlant de désir, prouvant que l'attirance que j'ai pour lui est réciproque.

Je me promène entre les rangées de fleurs et d'arbustes et j'ignore sa question.

— C'est quoi, ça ? je demande en désignant un arbuste aux petites feuilles vertes et dont les fleurs jaunes ressemblent à des pompons.

— C'est un cassier. Il fleurit toute l'année. C'est beau, mais ne le touche…

Il n'a pas le temps de finir sa phrase que je me pique sur une épine.

— Aïe !

Je secoue mon doigt, mais il l'attrape et le met dans sa bouche pour le sucer. Trois choses se passent alors simultanément.

Tout d'abord, mon ventre s'enflamme, mon sang s'embrase et je mouille.

Ensuite, ce sentiment de peur et d'angoisse s'empare de tous mes nerfs et les glace, me figeant sur place.

Enfin, un voile noir recouvre ma vision. Lorsque j'ouvre les yeux, je suis de nouveau là-bas, contre ce putain de mur en béton.

Chapitre 4

— Tu te crois spéciale, n'est-ce pas ? crache-t-il.

Je secoue la tête en essayant de parler calmement.

— Pas du tout. C'est tout le contraire, en fait.

Il fronce les sourcils et avance vers moi à grandes enjambées. Je lève les mains devant moi, mais il ne s'arrête pas et je me retrouve adossée au mur bétonné d'un coin sombre. Quelques pas de plus, et son torse est contre le mien. Je cherche le meilleur moyen de réagir, mais le champagne ralentit mes réflexes.

— Aaron, ne fais pas ça.

Son nez effleure ma tempe et des frissons parcourent mon dos, faisant se hérisser mes poils.

— Tais-toi.

Sa voix est froide. Dénuée d'émotion.

J'essaie de le repousser, en vain. Aaron est loin d'être léger. La peur m'envahit et mon instinct hésite entre me battre ou m'enfuir.

— T'essaies de t'échapper, petite pute, ricane-t-il en bafouillant à moitié.

— Je ne suis pas une pute, Aaron, tu le sais parfaitement.

Je me débats contre lui et essaie de le pousser de toutes mes forces, mais cela ne fait que l'énerver davantage. Il m'écrase contre le mur et mord mon cou. Fort. Si fort que je hurle de douleur, mais il s'en fiche.

— Je sais que mon père t'a engagée pour jouer sa pute devant ses amis pleins aux as. Je sais que tu travailles pour un service d'escorts et que t'es payée au mois. Il est temps de faire ce pour quoi mon père t'a payée.

— Bon sang, Mia ! S'il te plaît ! Je suis là. C'est Anton. Anton ! Je ne vais pas te faire de mal !

Anton me tient fort contre lui, enserrant mes bras dans les siens pour m'empêcher de bouger.

Ma panique et mon désespoir sont écrasants, et je puise dans mes forces pour me tourner dans ses bras et hurler. Il me lâche comme si j'étais une grenade prête à exploser. Je cours à la poubelle près du mur et je vomis violemment, parcourue de spasmes. Dieu merci, je n'ai pas grand-chose à régurgiter car je n'ai pas encore pris de petit déjeuner, c'est surtout du café et de la bile. Anton reste près de moi tout en étant suffisamment loin pour ne pas m'angoisser de nouveau. Ses bras sont croisés et son chapeau pend dans son dos, attaché à son cordon. Ses yeux sont noirs et pleins de tristesse, peut-être même de pitié.

— Ne me regarde pas comme ça ! je grogne avant d'essuyer ma bouche sur le revers de mon bras.

Je suis bonne pour repartir sous la douche. Mon front est en sueur et je me sens sale. Je titube vers le banc et je m'assieds.

Anton me suit et s'accroupit devant moi, attendant patiemment que je lève la tête.

— Tu peux me parler, tu sais, dit-il d'une voix inquiète et pleine de compassion.

— Tu vas me parler, toi ? je rétorque en libérant ma frustration. C'est quoi ton problème avec la nourriture, Anton ?

Il retient son souffle et se pince la lèvre entre le pouce et l'index. Son regard s'assombrit davantage, puis, après qu'il a vidé tout l'air de ses poumons, son visage s'adoucit.

— J'ai grandi dans une famille pauvre. Très pauvre. On avait tellement peu d'argent que, certains jours, on survivait avec de l'eau et des restes qu'on trouvait dans les poubelles des restaurants du quartier. On ne trouve pas que du soleil, des nanas en bikini et des plages sans fin à Porto Rico. Beaucoup d'endroits ressemblent encore au tiers-monde. La côte Est de l'île est très dangereuse, et c'est là que j'ai grandi.

— Tu as combien de frères et sœurs ?

— Deux. Un frère et une sœur. Mais *mi papa** est mort quand on était très jeunes. *Mi mama** faisait de son mieux, mais nous nous sommes couchés trop souvent le ventre vide. Nos ventres ont gargouillé de faim pendant des années. Mais c'est fini maintenant. J'envoie largement assez d'argent à *mi mama** et elle mène une vie paisible et heureuse. Elle ne manque de rien. Idem pour *mis hermanos**. Mes frères et sœurs, précise-t-il.

Je ferme les yeux et je compte jusqu'à dix. Je ne connais pas d'autre moyen pour me calmer. Lorsque les battements de mon cœur ralentissent enfin, je rouvre les yeux et je plonge mon regard dans le sien.

— Mon dernier client a un fils, un homme politique très haut placé, qui m'a attaquée physiquement et a essayé de m'agresser sexuellement. Il était à deux doigts de me violer. Il s'en est vraiment fallu de peu.

Les mots laissent un goût putride dans ma bouche.

— C'était quand ? demande-t-il d'une voix douce qui me laisse penser que je peux me confier à lui, même si je ne le connais que depuis deux jours.

— Il y a environ trois semaines.

— *Coño**, c'est si récent que ça ? Bon sang, Mia, est-ce que cet enfoiré est en tôle, au moins ?

Voilà la clé du problème.

— Je n'ai pas porté plainte, je réponds en secouant la tête et en baissant les yeux, honteuse.

Mon aveu me fait l'effet d'un coup de poignard dans les viscères. J'ai beau savoir que j'ai agi pour le bien des plus démunis de ce monde, j'ai tout de même du mal à accepter qu'Aaron s'en tire sans assumer la moindre conséquence. Certes, j'ai imposé qu'il se fasse suivre et qu'il aille en cure de désintoxication, mais il y a désormais un trou en moi qui ne peut être comblé que par le fait qu'Aaron soit puni. Or, ce n'est pas le cas.

— Il y avait des circonstances atténuantes. J'ai fait ce que je devais faire. Il n'y avait pas de bonne solution. Si j'avais porté plainte, des dizaines voire des centaines de personnes auraient souffert.

Anton hoche la tête.

— Parfois, les décisions que nous devons prendre sont les plus difficiles. Tout le monde ne peut pas le comprendre.

Il n'y a pas la moindre trace de jugement dans sa voix. Je viens de lui dire qu'un homme monstrueux m'a agressée et a failli me violer et que j'ai accepté qu'il ne soit pas puni. Il ne sait rien des circonstances dont je parle, mais il ne remet pas en question ma décision. Pourquoi je ne peux pas faire la même chose ?

Il s'assied à mes côtés et me tend ses mains, paumes vers le ciel, m'offrant son soutien et son réconfort. Je suis encore craintive, mais je suis également déterminée à surmonter ce blocage. Je pose mes mains dans les siennes et j'attends. Est-ce que je ressens la même chose que lorsque je tiens la main de Taï ou de Mason ? Non. Ces deux savent ce que j'ai traversé et, pour une raison que je ne comprends pas, je n'ai pas été affectée de les toucher après mon agression. Avec Anton, cette angoisse désormais familière picote ma main, et je serre la sienne avant de la retirer.

— Merci, je chuchote.

— Pour quoi ? demande-t-il en haussant les sourcils.

— De ne pas me juger, je réponds d'une voix rauque et chargée d'émotion.

— Je ne mène pas ta vie, Mia. Je ne prétends pas savoir si une décision peut être pire ou meilleure qu'une autre, car ce n'est pas moi qui dois la prendre et l'assumer. C'est toi, et toi seule, qui dois vivre avec tes choix. Je vois que celui-ci pèse lourdement sur tes épaules.

Je hoche la tête et presse mes paumes l'une contre l'autre jusqu'à ce que mes phalanges soient blanches.

— Alors… est-ce qu'on peut être amis sans l'ombre d'autre chose ? je demande, soudain inquiète que ma décision le vexe.

— Est-ce que tu es attirée par moi, *Lucita** ?

Petite lumière. Quel idiot.

— Oui, je réponds franchement.

— Mais tu souhaites néanmoins te priver du plaisir d'un accouplement avec moi ?

Je souris jusqu'aux oreilles. Le plaisir d'un accouplement ? D'où il sort ces trucs ?

— Hélas, je ne crois pas qu'un nouveau partenaire soit salutaire pour moi, en ce moment. Et puis, j'ai plus ou moins quelqu'un d'autre.

Ça y est, je l'ai admis.

— Dommage. J'avais hâte de te coucher dans mon lit, répond-il en frappant ses cuisses et en se levant.

— Je ne crois pas que tu manques de présence féminine, Anton.

— Ce n'est pas faux, répond-il en jouant des sourcils. Alors, on est amis ?

Il m'offre sa main comme pour conclure un accord.

— Amis.

Il remet son chapeau.

— Maintenant, en tant qu'amie, tu peux m'aider à désherber ces jardinières ?

— Avec plaisir.

Ce sera cathartique de faire du travail manuel au soleil, de transpirer pour libérer les toxines et les émotions qui affleurent trop près de la surface.

— À une seule condition… j'ajoute en posant une main sur ma hanche et en penchant la tête sur le côté.

Il m'offre un sourire à la fois diabolique et enfantin, ses yeux scintillent d'un tel éclat que je regrette presque ma décision de ne pas « m'accoupler » avec lui.

— Que désires-tu, femme ? répond-il sur un ton lourd de sous-entendus.

— Je veux conduire une de tes motos.

Il éclate de rire.

— Tu aimes monter à moto ?

La surprise que je perçois dans sa voix est presque vexante.

— J'aime conduire les motos, je précise.

Son sourire me donne de l'espoir.

— Alors, j'ai hâte de remplir ma part du deal, répond-il. Les gants sont là-bas, et tu trouveras aussi un chapeau et un seau, ajoute-t-il en désignant un grand panier en osier.

— Cool !

*

La chorégraphe s'appelle Maria De La Torre et elle tellement belle que j'en ai eu le souffle coupé quand elle est arrivée. Ses cheveux sont aussi noirs que les miens et, pour une danseuse, elle a des courbes à n'en plus finir. Elle est plus musclée que moi et son corps mériterait d'être gravé dans le marbre. Elle parle anglais, mais passe à l'espagnol sans prévenir.

Si je devais deviner, je dirais qu'elle est grecque ou italienne, peut-être espagnole. Quoi qu'il en soit, elle a des origines méditerranéennes, c'est certain. Lorsqu'elle se déplace, tous les yeux la suivent. Elle a une fluidité et une grâce que les autres danseurs dans le studio n'ont pas.

— La séductrice ? demande Maria en lisant une feuille. Une certaine Mia Saunders ?

Elle observe l'assemblée, et toutes les têtes se tournent vers moi. Je marche vers le devant du studio où tout le monde est assis. Je m'étais cachée au fond, ne voulant pas déranger, la regardant appeler les danseurs un à un. Elle leur a fait faire une série de chorégraphies, et elle en a carrément viré la moitié. Sur-le-champ ! Devant tout le monde ! C'est brutal, mais ça a le mérite d'être efficace.

Ses yeux bleus me reluquent de la tête aux pieds.

— Tu n'es pas danseuse, dit-elle immédiatement.

Je me sens presque soulagée de ne pas avoir à me ridiculiser devant les autres.

— Non, je suis escort, je réponds en haussant les épaules et en posant mes mains sur mes hanches.

Elle m'étudie en fronçant les sourcils, et un petit V apparaît sur son front.

— Tu accompagnes quelqu'un dans l'assemblée ?

Enfin, quelqu'un qui sait ce qu'est une escort et ne suppose pas que je suis une prostituée !

— Anton et Heather m'ont embauchée pour ce rôle. Quant à savoir pourquoi… mieux vaut leur demander.

Elle penche la tête d'un côté, puis de l'autre.

— Tourne sur toi-même.

Je m'exécute.

— Encore.

Je lui obéis de nouveau.

— Tu sais danser ?

— Professionnellement ?

Elle éclate de rire.

— Non, je sais que tu ne danses pas professionnellement. Les corps ne mentent pas. Mais je comprends, en voyant tes courbes et ta beauté, pourquoi tu as été choisie pour être la séductrice. Je me demande seulement si tu danses pour le plaisir ? Si tu fais de la salsa, du tango ou quelque chose comme ça ?

Je secoue la tête, soucieuse de sa réaction, même si elle est restée tout à fait professionnelle depuis son arrivée.

— D'accord, alors il va falloir réfléchir à ton rôle et à la manière dont on va te présenter aux caméras. Tu ne serais pas là pour ce clip si Anton n'y tenait pas. On trouvera un moyen de contourner le problème.

Ça ne me semble pas si mal. Au moins, elle ne m'a pas virée de la production et je me surprends à être heureuse et soulagée. Ç'aurait été beaucoup plus simple qu'elle me renvoie et j'aurais quand même été payée, mais l'idée de décevoir Anton, Heather ou Tante Millie me déplaît.

Maria fait travailler le reste des danseurs et il n'en reste plus qu'une poignée lorsqu'Anton arrive.

— *Mamacita**, dit-il en prenant Maria dans ses bras. *Mama**, tu as l'air en forme !

Il étudie les quelques danseurs qui s'étirent à la barre ou répètent une série de pas.

— Tu as fait le ménage, à ce que je vois.

— Anton, tu savais que j'allais virer la plupart des danseurs. Tu n'as pas besoin d'en avoir autant pour ce que j'ai en tête. J'ai écouté ta chanson de nombreuses fois en venant. Avec ce que j'ai imaginé, c'est surtout d'elle dont tu as besoin, dit-elle en me désignant.

Heather hausse les sourcils, mais reste silencieuse derrière Anton et Maria. Quant à moi, je ne suis pas bien loin car je ne veux rien rater, mais je ne suis pas non plus trop près pour ne pas les gêner.

— Allons dans un endroit privé, tu veux ? À moins que tu veuilles travailler ce soir ?

Elle tapote sa lèvre avec son doigt et réfléchit.

— *No, vamos a dejarles descansar. Con lo que he planeado esta semana, ya no van a sentir sus pies*[1].

Un sourire machiavélique s'étend sur ses lèvres et Anton secoue la tête en souriant.

---

1. Non, laissons-les se reposer. Avec ce que j'ai prévu cette semaine, ils ne sentiront bientôt plus leurs pieds.

— *Eres malvada. Me encanta*[1].

Il entraîne Maria vers la porte, mais il s'arrête pour se tourner vers moi.

— *Lucita**, tu me suis partout, sauf si Maria, Heather ou moi-même te disons le contraire. *Entiendes** ?

Je hoche la tête et plonge mes mains dans les poches arrière de mon jean avant de les suivre. Les yeux d'Anton quittent les miens pour admirer mes seins et mater mes fesses lorsque je passe devant lui.

— Elle ne sait peut-être pas danser, mais elle sait séduire, glousse Maria.

— J'aurais aimé savoir ce qu'ils se sont dit en espagnol, je dis à Heather lorsque je la rejoins.

Elle se recoiffe en marchant, donnant plus de volume à sa coiffure.

— Ah ! Eh ben, en gros, Maria a dit que les danseurs n'avaient pas à travailler ce soir et qu'il valait mieux qu'ils se reposent. Elle a l'intention de les faire travailler dur toute la semaine.

J'ouvre la bouche, mais aucun mot n'en sort.

---

1. Tu es diabolique ! Ça me plaît.

— Anton lui a répondu qu'elle est maléfique et qu'il adore ça chez elle.

— Waouh, meuf, tu parles espagnol ?

— J'ai acheté des livres pour apprendre quand j'ai commencé à travailler pour Anton il y a quatre ans, je sortais tout juste de la fac. Il ne m'a fallu que cinq jours pour comprendre que si je voulais réussir dans ce milieu, il fallait que je comprenne tout ce qu'il disait, tout le temps. Cela dit, le portoricain est différent du mexicain et de l'espagnol européen, mais en général, j'arrive à suivre ce qu'il dit. C'est un peu comme les petites différences d'usage qu'on a aux États-Unis.

— Hmm. Eh bien, c'est super-cool. Tu sais, ça se voit qu'Anton tient à toi.

Heather rougit et baisse les yeux avant de hausser les épaules.

— Peut-être que tu ne vois que ce que tu veux voir.

Je fronce les sourcils et saisis son coude pour l'arrêter.

— Vous venez ? demande Anton en retenant la porte de l'ascenseur.

— Euh, tu nous laisses une minute ? je demande.

— Ça marche, répond-il avant de reprendre en espagnol.

Je me tourne vers Heather :

— Qu'est-ce qui se passe ? Tu te comportes bizarrement.

La jeune femme se mord la lèvre et s'adosse au mur.

— Maintenant que Maria est là, toutes les idées que j'avais eues pour le clip vont passer à la trappe. J'avais convaincu le chorégraphe d'ajouter certaines de mes suggestions, mais maintenant…

— Tu en as parlé à Anton ?

Elle secoue vivement la tête.

— Non, et il n'écouterait pas de toute manière. Maintenant qu'elle est là, tous les regards sont sur elle et il n'y a qu'elle qu'on écoutera.

— Je croyais que tu voulais qu'elle participe. Tu étais tout excitée de l'appeler et de lui demander de venir.

— Parce qu'elle est la meilleure et qu'Anton mérite ce qu'il y a de meilleur.

Je croise les bras tout en réfléchissant à ce qu'elle vient de dire. J'ai l'impression qu'elle ne me dit pas tout.

— Est-ce que tu es amoureuse d'Anton ?

Heather écarquille les yeux et se penche en avant en posant ses mains sur ses genoux, puis tout son corps se met à trembler. Elle éclate de rire si fort que lorsqu'elle se lève, des larmes coulent sur ses joues.

Apparemment, je suis complètement à côté de la plaque.

— Alors, ça veut dire non ?

— Désolée, non, répond-elle en essuyant ses larmes et en inspirant pour retrouver son souffle. Chérie, je ne tomberai jamais amoureuse de lui. Je cherche un homme qui fera de moi sa priorité, pas une simple option. On sait toutes les deux qu'Anton est un lover pour toutes les femmes, mais qu'il ne s'engagera pour aucune.

Lover pour toutes, engagé auprès d'aucune. Elle ne pourrait pas mieux le décrire. Anton n'a pas du tout l'air du genre à vouloir une copine sérieuse.

— Alors, pourquoi tu n'arrives pas à lui parler ?

— Je ne sais pas. Chaque fois que j'aborde la question de la direction artistique d'un sujet en particulier, il m'arrête avant que j'aie pu dire quoi que ce soit. J'en suis au stade de ma carrière où je dois avancer ou passer à autre chose.

— Alors, qu'est-ce que tu vas faire ?

— Eh bien, de toi à moi… commence-t-elle avant de balayer le couloir des yeux pour s'assurer que nous sommes seules, j'ai été repérée par un agent pour m'occuper d'un groupe de musique. On m'offre le poste de manager artistique et je serai le bras droit de leur agent. C'est pour un groupe de hip-hop du New Jersey qui est de plus en plus connu. Avec le réseau que je me suis fait et les idées dont je leur ai déjà fait part, ce mec veut vraiment m'embaucher. Il est prêt à me payer le double de ce qu'Anton me paie.

— Waouh, Heather, c'est génial ! Qu'est-ce que tu attends ?

Elle se mord de nouveau la lèvre inférieure et baisse les yeux.

— Je ne sais pas, c'est difficile. Ça fait quatre ans que je suis avec Anton. Je n'ai travaillé que pour lui. En plus, je n'ai pas vraiment de famille. Je suis fille unique et mes parents sont morts quand j'étais petite. Ce sont mes grands-parents qui m'ont élevée et ils sont décédés, eux aussi.

— D'accord, mais c'est quoi le rapport avec ta décision de travailler ailleurs ? Avec un poste où tu feras ce que tu veux, où tu te serviras de ce que tu as appris à la fac et où tu auras enfin la carrière pour laquelle tu as sacrifié ta vie privée ?

— C'est super-dur, Mia. Anton est ce qui se rapproche le plus d'une famille pour moi. Même si je ne suis pas sa priorité, il reste la mienne. C'est mon meilleur ami. Mon seul ami.

— Oh, ma chérie, je murmure en caressant son bras.

— C'est pas triste, ça ? Je suis fidèle à un homme qui se contrefiche de moi, alors qu'il est tout ce que j'ai dans la vie ?

Je saisis son coude et je l'attire dans mes bras. Elle s'accroche à moi et je découvre que son contact ne me fait pas paniquer, comme celui d'Anton. Les larmes coulent sur ses joues et sur mon épaule, et je caresse sa tête en lui répétant que tout va bien se passer. Ses sanglots finissent par se transformer en rires, et je recule pour essuyer ses larmes.

— Tu es intelligente et belle, et Anton tient plus à toi que tu ne le penses. Parle-lui, Heather.

Elle soupire et hoche la tête.

— Tu as raison. Je vais le faire. Merci, Mia.

— Il faut que tu sois honnête avec toi-même et avec Anton. Il ne peut pas savoir ce que tu ressens si tu ne lui dis pas. Ce qui est sûr, c'est qu'il ne changera pas, à moins d'être au courant de tes envies et du fait que tu as d'autres opportunités.

— Tu crois qu'il va m'en vouloir ? demande-t-elle tandis qu'on marche vers l'ascenseur.

J'appuie sur le bouton et j'entends le moteur se réveiller quelque part au-dessus de nos têtes.

— Tu le connais mieux que moi. Je crois qu'il sera déçu que tu ne lui aies pas parlé avant et que tu envisages de le quitter sans lui laisser l'occasion d'arranger les choses. D'après ce que j'ai compris, tu es la seule qu'il écoute.

— Non, rétorque-t-elle en secouant la tête. Anton fait ce qu'il veut, quand il veut.

— Tu es un peu dure et un chouïa injuste, tu ne crois pas ?

— Peut-être, admet-elle en levant les yeux au ciel.

— Allons voir ce que ce Don Juan manigance avec Madame Danse-avec-les-stars, dis-je alors que les portes de l'ascenseur s'ouvrent sur le penthouse.

— Meuf, ne dis pas ça devant elle ou elle va te botter les fesses. On m'a dit qu'elle avait un sacré caractère !

— Heather, ma belle, moi aussi. Moi. Aussi.

Chapitre 5

Nous ne trouvons pas Anton et Maria assis à table en train de discuter. Non, ils sont au milieu du salon, en pleine démonstration de danse.

— Ensuite, ton personnage fait ça, dit Maria avant d'entamer une série de pas plus complexes les uns que les autres.

Son corps dessine une vague, puis elle se déhanche, se baisse pour toucher le sol et remonte en ondulant de nouveau de la tête aux pieds.

— Et là, on revient à «*ride it baby, ride*», conclut-elle en frappant bruyamment son talon par terre.

Anton répète ses mouvements, à la différence près que lorsque c'est lui, nous sommes toutes les trois envoûtées. Il n'est vêtu que d'un pantalon en lin et son pendentif en forme de cœur incrusté de diamants pend sur son torse. Il est superbe. Une véritable œuvre d'art.

Heather se racle la gorge, et Anton et Maria nous regardent.

— Vous avez besoin de nous ? demande-t-elle d'une voix timide qui m'agace.

Je ne vois pas comment elle peut être crédible auprès de ces deux stars si elle parle ainsi.

— Ce qu'Heather veut dire, c'est qu'elle travaillait sur certaines idées avec l'ancien chorégraphe et qu'elle aimerait vous en faire part, je dis en posant un regard insistant sur Anton.

Il penche la tête sur le côté, l'air confus, et j'écarquille les yeux pour qu'il comprenne. Ça prend deux secondes, mais j'y parviens.

— Ah bon, H ? Pourquoi tu n'as rien dit avant ? demande-t-il en s'essuyant le visage avec une serviette.

— Anton, j'ai essayé de t'en parler plusieurs fois et tu m'as dit de voir ça avec le chorégraphe. Tu as dit que tu attendais de voir le résultat final.

— *Mi amiga**, dit Maria, puisque tu m'as engagée pour être la nouvelle chorégraphe, pourquoi tu ne me parlerais pas de tes idées pendant qu'on dîne ? *¿ Suena bien ?*

— Je pourrais nous faire livrer à manger ? je propose.

— Mais c'est mon boulot, ça, répond Heather en soupirant.

— Pas ce soir, non. Est-ce que tout le monde aime les sushis ? je demande en me trémoussant.

Maria m'observe, pousse un grognement et chuchote en espagnol.

— *Dios Mio. ¡ Que trabajo tengo** *!*

— Qu'est-ce qu'elle a dit ? je demande à Heather en désignant Maria d'un doigt accusateur.

Le regard de la chorégraphe brille d'un éclat machiavélique.

— Détends-toi, répond Heather en me tendant sa carte bleue, elle a juste dit qu'elle avait du pain sur la planche, rien de méchant.

— Je t'ai à l'œil, toi, je dis en fusillant Maria du regard.

Anton et elle éclatent de rire en partant vers la cuisine.

— Tu veux boire un verre, Mia ? demande Anton.

— Ouais, sers-moi ce que tu veux, ça m'ira.

Je tourne les talons et me dirige vers le salon. Je sors mon téléphone, ouvre l'appli Deliveroo et choisis le premier sushi-shop avec des centaines d'avis et une moyenne de cinq étoiles. Cerise sur le gâteau, la livraison est gratuite. Miam, je meurs de faim !

*

Une troisième tournée de martinis nous attend sur la table, préparés par mes soins.

— Non, non, non, tu ne comprends pas ! s'exclame Heather en se levant et en marchant jusqu'au milieu de la pièce. Dans ma tête, c'est un mélange de « Billie Jean » de Michael Jackson et de « Uptown Girl » de Billy Joel.

Maria relit ses notes en marquant le rythme avec sa tête alors que la nouvelle chanson d'Anton passe en boucle.

— *Sí, sí*, je comprends. Mia doit montrer son matos comme ça, déclare la chorégraphe en marchant avec un déhanché séducteur, et Anton doit la suivre à la manière de Michael Jackson, avec des pas rapides mais en intégrant son style hip-hop latin fusion.

Anton se précipite derrière Maria et imite ses mouvements. Quand elle se déhanche, je la regarde de près parce qu'elle joue mon rôle.

— Tu vois Mia, viens ici.

Je me lève, un peu joyeuse, et j'essuie mes doigts couverts de vodka sur mon jean. Elle se tourne et me prend par les hanches comme si elle était un homme qui dansait avec moi.

— Maintenant, fais comme si je n'étais pas là et déhanche-toi quand je te tape sur le côté.

Nous faisons quelques pas.

— Maintenant, penche-toi lentement en avant et touche tes pieds, comme si tu allais refaire ton lacet. Ensuite, tu remontes en caressant tes jambes puis ta taille et tes seins.

— *Tan caliente**, murmure Anton alors que je fais ce qu'elle dit.

Il saisit mes hanches et frotte son bassin contre mes fesses. Il ne bande pas, mais je panique et me retrouve soudain en nage.

— An-ton ! je gronde.

Ma lèvre tremble et je sais que ma peur se lit dans mes yeux car il retire aussitôt ses mains.

— Désolé, *muñeca**, dit-il.

Je lui fais face et pose ma main sur son torse.

— Non, c'est moi qui suis désolée. On ne fait que s'entraîner. Ça s'arrangera. Promis.

Je ferme les yeux en silence, en priant pour arriver à surmonter cette étape, et vite. Mon travail en dépend.

De l'autre côté de la pièce, mon téléphone m'annonce l'arrivée d'un message. Anton lève le menton, m'indiquant qu'il m'accorde une pause.

À : Mia Saunders
De : Wes Channing

Il est hors de question que je rate ton anniversaire. Faudra t'y faire. Je serai à Miami dans une semaine. Je peux employer la manière forte ou la manière douce, c'est comme tu préfères, ma belle. Mais tu ne pourras pas m'éviter.

Je réalise soudain que je ne suis pas seule à découvrir ce message, car Heather le lit par-dessus mon épaule sans s'en cacher.

— Qui est Wes ? Ton copain ?

Qui est Wes ? Voilà une excellente question. Mon ami, mon amant, mon copain, l'homme de mes rêves ? D'une certaine manière, il est tout ça à la fois, et plus encore.

— Un ami, c'est sûr, mais c'est aussi mon copain, je suppose. Plus ou moins. On n'a pas encore défini notre relation. On prend notre temps. Tu sais comment c'est.

— Moi ? Euh, non. Je suis la reine des coups d'un soir. Avec mon boulot, je n'ai pas de place pour une relation, même si j'espère connaître ça un jour.

Anton nous rejoint et prend Heather par les épaules.

— Oh, allez, H. Il y avait ce mec qui était dingue de toi, il y a deux semaines. Tu te souviens ? Il a pété un câble quand je suis entré chez toi sans frapper.

— Je m'en souviens très bien, Anton, tu n'as pas besoin de me le rappeler.

Il éclate de rire et se frappe la cuisse.

— Tu chevauchais ce pauvre homme comme si c'était la fin du monde et que la terre allait exploser. Qu'est-ce qui lui est arrivé ?

— Toi ! C'est toi qui lui es arrivé, Anton ! Comme Reece, et David, et Jonathan. Chaque fois que je me rapproche d'un mec, tu fous tout en l'air avec tes requêtes absurdes et tes visites surprises. Tu leur fais peur avant que j'aie eu la chance de savoir s'ils me plaisent ou non, conclut-elle en faisant la moue.

— Tu es sérieuse ? s'exclame Anton. Tu me tiens pour responsable de ta malchance en amour ?

Elle croise les bras et le fusille du regard.

— Bien sûr que je suis sérieuse ! Quand la plus grande star de hip-hop du pays entre chez moi sans frapper et m'appelle « Bébé », ça ne laisse pas la meilleure impression sur mes prétendants. Pourquoi je supporte ça, bon sang ? soupire-t-elle en se massant les tempes.

Les épaules d'Anton s'affaissent et il soulève le menton de la jeune femme.

— H, Bébé, parle-moi.

— Tu veux que je te parle ?! Eh bien, je vais te parler. On m'a proposé un autre job, et je crois que je vais l'accepter. Ça te va, comme conversation ? hurle-t-elle.

— Quoi ?! Il est hors de question que tu me quittes !

Merde. Maria et moi reculons toutes les deux simultanément jusqu'à nous cogner contre le plan de travail.

— J'en ai assez que tu ne m'écoutes pas et de stagner à mon poste !

Maria et moi buvons une gorgée en regardant la dispute se dérouler sous nos yeux.

— T'écouter ? Tu es la seule que j'écoute ! rétorque-t-il. Et qu'est-ce que tu veux dire par « stagner » ? Tu veux plus d'argent ? C'est comme si c'était fait !

La grimace d'Heather est si pleine de douleur que, même moi, je me sens coupable.

— Tout n'est pas question d'argent, Anton ! Bon sang, tu es tellement énervant !

Elle passe sa main dans ses cheveux et fait un demi-tour sur elle-même pour regarder l'océan par la baie vitrée.

— Peut-être qu'il est temps que je passe à autre chose, déclare-t-elle froidement.

Anton fait deux pas vers elle et pose ses mains sur ses épaules.

— Non. Je ne te laisserai pas partir.

— Tu n'as pas forcément le choix. C'est de ma vie qu'il s'agit, chuchote-t-elle alors que ses yeux se remplissent de larmes.

— Tu es tout pour moi, Heather. Je ne peux travailler avec personne d'autre.

— Et moi, je ne peux plus être ton assistante.

— Tu n'es pas mon assistante, bon sang, rétorque-t-il en grimaçant. Oui, tu t'occupes de moi, mais tu t'occupes de tout ! Qu'est-ce que tu veux de moi ? Demande-moi, H, je te le donnerai. Je n'attendrai jamais mon objectif si tu n'es pas à mes côtés.

Maria me met un petit coup d'épaule.

— Ils baisent ?

À les entendre, j'aurais supposé la même chose, mais je sais que ce n'est pas le cas et je secoue la tête.

— Peut-être qu'ils devraient, constate-t-elle.

— Non, c'est plus une compétition entre frère et sœur. Un peu comme une dispute entre meilleurs amis. Tu as des amis, toi ?

Un sourire immense s'étend sur son visage, la rendant encore plus belle. Quelle garce ! J'ai envie de la détester, mais elle est beaucoup trop cool et, à l'évidence, elle a un sacré caractère. Et puis, elle est parfaitement professionnelle en plus d'être douée pour ce qu'elle fait.

— J'ai trois âmes sœurs et je ferais tout pour ces pestes. Elles me rendent *loca**. Un peu comme ces deux, sauf qu'eux ne se sont jamais dit combien ils comptent l'un pour l'autre. Ce que nous avons sous les yeux, c'est la conséquence de cette erreur.

Nous nous taisons pour observer la suite de la dispute. Hélas, elle finit bien trop vite lorsqu'Heather s'en va en claquant la porte derrière elle. Mince, on a raté le meilleur, apparemment.

— *¡ Puta madre, que terca*[1] *!*

Je regarde Maria du coin de l'œil.

— Je pense qu'il est temps pour nous de partir.

Elle hoche la tête.

— Mieux vaut le laisser se défouler et libérer sa colère.

Nous sortons de la cuisine et de l'appartement en silence. Nous séjournons toutes les deux dans les appartements réservés aux invités et sortons de l'ascenseur au même étage. Maria part d'un côté, moi de l'autre.

— Eh, Maria ? j'appelle en me retournant vers elle.

— Ouais ?

— Tu crois que je vais réussir à jouer ce rôle ?

— Bien sûr. Puisque c'est moi ta prof, répond-elle en me lançant un clin d'œil.

Elle ouvre sa porte et me fait un signe de la main.

---

1. Quelle tête de mule !

*

Le moteur vrombit sous mes fesses tandis que je sors du garage pour m'engouffrer dans les rues de Miami. Anton est devant moi, sur l'Icon Sheene noire. Il est vêtu d'un jean, d'un t-shirt blanc et d'un blouson en cuir noir. Moi, j'ai ressorti mon jean porte-bonheur usé partout où il faut, c'est-à-dire sur les fesses. D'ailleurs, mon cul est délicieux dans ce slim, et j'en ai parfaitement conscience. J'ai tressé mes cheveux et rangé la natte dans le blouson en cuir que je porte par-dessus mon t-shirt rouge des White Stripes. Gin et moi étions allées les voir en concert à Las Vegas, à l'époque, et « Seven Nation Army » reste une de mes chansons préférées.

Je suis aux commandes de la KTM Super Duke orange et noire. Elle ronronne entre mes cuisses, caressant ma chair mieux que n'importe quel amant. Il y a quelque chose de magnifique et de libérateur lorsqu'on est sur une moto.

Anton me fait des signes de la main pour me guider à travers Miami et South Beach. Aux feux rouges, il me raconte ce qu'il sait des différents quartiers.

— C'est ici que les touristes et les locaux viennent remuer leur *culo**, dit-il en désignant la rangée de boîtes de nuit de la Washington Avenue.

Nous descendons ensuite Collins Avenue où il me montre les divers hôtels et restaurants.

Bien évidemment, nous empruntons Ocean Drive où s'érigent les immeubles Art déco qu'Heather m'a montrés quand je suis arrivée. De l'autre côté de l'avenue, une étendue de pelouse et de palmiers descend jusqu'à la plage qui borde l'océan.

Nous nous arrêtons à *Gelato-Go*, un glacier du quartier dont Anton est fan. Nous entrons dans le petit troquet et je suis satisfaite qu'Anton ne soit pas reconnu. C'est sans doute parce qu'il garde ses lunettes de soleil. Quant à moi, je les relève pour étudier les différents parfums qui s'offrent à moi.

— Alors, un *gelato*, c'est comme de la glace ?

— Oui, mais à l'italienne. Ce n'est pas fait avec de la crème, mais du lait. C'est aussi moins baratté, donc il y a moins d'air et c'est plus dense. Je le préfère parce que les goûts sont plus forts et c'est moins mauvais pour la santé.

Je ne sais pas quoi choisir. Le chocolat est très foncé, ce qui me laisse penser qu'il sera trop amer, comme les cannoli au chocolat qui sont servis dans les restos italiens. Beurk. Je déteste ça.

Un homme grand et maigre, les cheveux coiffés en arrière, vient vers moi. Il porte un t-shirt sur lequel est écrit le nom du café et une étiquette avec son nom : « Fresh Francesco ».

— *Bella signora*, comment puis-je vous aider ? demande-t-il avec un fort accent italien.

— Je ne sais pas, mon ami…

Je désigne Anton, qui ressemble plus à Terminator, dans cette tenue, qu'à son alter ego, le latin lover.

— … dit que vos gelati sont divins. Comme je n'en ai jamais mangé… quel parfum pourriez-vous me recommander ?

— Oh, *signora*, vous allez tout aimer, répond le serveur en souriant. Elles sont faites quotidiennement, ici même, et il y a moins de sucre et de crème que dans les glaces américaines. Vous pouvez en manger tous les jours, vous garderez quand même votre superbe ligne ! s'exclame-t-il en riant.

Je désigne le bac de glace verte avec des éclats.

— Ça, c'est quoi ?

— Ah, très bon choix, c'est notre célèbre gelato à la pistache ! Les noix nous arrivent tout droit de Sicile !

— Elle est très bonne, chuchote Anton dans mon oreille, mais le goût est très fort. Je te conseillerais plutôt quelque chose de simple. Tu aimes le caramel ?

— Il y a des gens qui n'aiment pas ?

Il rit doucement, et cela me fait penser au rire d'un autre beau gosse qui sera là demain.

— Je crois que quatre-vingt-dix-neuf pour cent de la population aiment le caramel. Et ceux qui disent le contraire mentent.

Francesco attend patiemment que nous discutions du mérite de chaque parfum. Anton me déconseille la fraise, car ce serait trop banal. Quitte à essayer quelque chose pour la première fois, autant sortir le grand jeu.

— Fresh Fran, je vais prendre le caramel *dulce de leche*, s'il te plaît.

— Excellent choix ! répond-il avant de remplir un bol énorme.

— J'aurais dû vous dire que je voulais la plus petite taille, je dis en écarquillant les yeux lorsqu'il me tend la glace.

— Tout le monde en redemande. Je vous fais gagner du temps.

— Si vous le dites.

— Je le dis.

Au moment de commander la sienne, Anton demande le parfum pistache, ce qui m'agace au plus haut point. Pourquoi me le déconseiller si c'est pour le choisir dans la foulée ?

— Enfoiré !

— Quoi ? demande-t-il en relevant ses lunettes et en enfournant une cuillère.

Hmmm, je pourrais le regarder manger de la glace toute la journée. Il est superbe. Soudain, j'ai trop chaud. J'enlève mon blouson pour le poser sur le dossier de ma chaise et Anton fait de même.

Nous passons un moment en silence, à déguster le meilleur gelato du monde. Bien sûr, je n'ai pas de point de comparaison, mais je ne peux imaginer quelque chose de meilleur. La texture est merveilleusement soyeuse, comme un mélange entre une glace et un yaourt glacé. Je suis fan.

— Qu'est-ce que tu vas faire à propos d'Heather ? Elle est toujours en colère ?

— Elle est folle de rage, tu veux dire. Elle me parle à peine. Je suis à court d'idées, mais je ne peux pas la laisser partir.

— Et si elle en avait besoin ?

Il fronce les sourcils et grimace.

— Je suis déjà célèbre. En travaillant avec moi, elle gagne plus en renommée qu'avec un débutant.

— Et tu es prêt à lui donner le credo qu'elle veut ?

— Le credo ?

— Oui, tu sais, le respect. Le titre.

— C'est ça, le problème ? Elle ne veut plus être mon assistante ?

Bon sang, il n'est vraiment pas très perspicace.

— Heather est intelligente, je déclare, et il hoche la tête. Elle est belle, j'ajoute, et il acquiesce. Mais elle est bien plus que ton assistante. Tu as dit toi-même qu'elle gérait tout.

— Ouais, et alors ? Où tu veux en venir ?

Je plonge une cuillerée de gelato dans ma bouche et je le laisse fondre sur ma langue.

— Je crois qu'elle veut être ta directrice artistique, ou ton agent, je ne sais pas comment vous dites dans votre milieu. Si elle gère tes concerts, ton équipe et qu'elle s'occupe de toi, alors elle fait déjà le boulot sans bénéficier du salaire, du respect et du titre. Et elle galère à tout faire toute seule. C'est peut-être elle qui a besoin d'une assistante ! je m'exclame en éclatant de rire.

Il lève les mains et se frotte le visage, trahissant sa frustration.

— Tu as raison, Mia. *Jesus, tienes razón**.

— Heather n'a pas de vie en dehors de toi. Tu sais, tu es son seul ami. Et sa seule famille. Tu es son meilleur ami, Anton.

— Elle a dit ça ?

Je hoche la tête.

— Bon sang, mais Heather a toujours été ma meilleure amie, à moi aussi.

— Tu le lui as déjà dit ?

— J'ai supposé qu'elle le savait, dit-il d'un ton qui révèle combien le malheur de son amie l'attriste.

— Ma meilleure amie sait que je l'aime, mais ça ne m'empêche pas de le lui dire régulièrement, tu sais.

Il prend son pot de gelato et le jette à la poubelle alors qu'il n'est pas fini. Il me regarde en fronçant les sourcils et me fait signe de le suivre.

— Allons-y. Tu dois répéter, et je dois parler à Heather.

Je m'imagine sauter en l'air et m'accroupir par terre comme les joueurs de football américain après un touchdown. Je remonte sur la Super Duke et je passe le trajet du retour à faire une danse de la victoire dans ma tête.

Chapitre 6

— Encore ! s'écrie Maria. Non. Arrête la musique, dit-elle en levant la main.

Je suis debout dans un coin, attendant qu'elle me crie dessus à mon tour. J'ai répété la même scène toute la journée. En réalité, je me contente surtout de marcher de façon ultra-sexy, puis je m'arrête et me déhanche d'un côté et de l'autre. Ensuite, je me baisse, je remonte, je remue mes seins et je me cambre. Anton est censé faire sa chorégraphie derrière moi avec les danseurs. L'idée est que certains de nos pas se répondent. Ce n'est rien à côté de ce que Maria fait faire aux danseurs, et je suis épuisée. J'ai besoin d'une douche, d'un bon repas et, surtout, d'une bonne nuit de sommeil. Demain, Anton m'a donné ma journée pour mon anniversaire, ce qui signifie que Wes débarque.

Je suis à la fois excitée et angoissée que mon surfeur réalisateur arrive. Je meurs tellement d'envie de le voir que c'en est douloureux, mais je ne veux pas qu'il me brise le cœur lorsque je lui dirai que je veux que nous soyons exclusifs.

Cela implique qu'il dise adieu à Gina DeLuca. Finis les plans cul avec l'actrice la plus belle du pays. Il me suffit de penser à elle pour être verte de jalousie. Or, si Wes et moi voulons que ça marche entre nous, nous devons nous engager. *Merde. S'engager.* Voilà un mot que je n'ai pas prononcé depuis longtemps concernant un homme, parce que je me suis fait avoir à chaque fois.

— Mia, *hermosa**, viens ici, dit Maria en désignant la croix noire dessinée par terre.

C'est là que je dois m'arrêter et me déhancher contre Anton. La chorégraphe s'est assurée que je connaisse le nombre précis de pas qu'il me faut pour y arriver, ce que je dois faire de mes membres et où les autres danseurs seront placés par rapport à moi. Dans la chorégraphie qu'elle et Heather ont mise au point, tous les danseurs me courent après, bougeant autour de moi pendant que je marche, m'assieds ou m'adosse à un mur. J'ai plusieurs enchaînements à connaître, mais j'ai déjà appris la plupart. Maria est infiniment gentille et patiente. Chaque fois que je me trompe, les autres danseurs grimacent parce qu'ils savent qu'ils doivent reprendre au début, mais cela ne semble poser aucun problème à Maria, qui les fait recommencer encore et encore.

— Reprenons, me dit Maria en jouant le rôle d'Anton. Quant à vous, dit-elle aux autres, je ne fais pas ça parce que Mia a besoin d'aide. Vous devez tous vous améliorer. Je me fiche que vous soyez fatigués. Je me fiche que vous soyez courbaturés et que vous ayez mal aux pieds. Vous voulez être dans le plus grand clip de hip-hop de l'année ? C'est le prix à payer, déclare-t-elle en les fusillant du regard. *Trabajad**. Il faut bosser ! Maintenant, Mia, reprends au début.

Je retourne dans mon coin, gonfle mes poumons, ferme les yeux et visualise mon objectif. C'est mon premier clip vidéo, et mon visage sera sur les écrans du monde entier.

Tu gères, meuf. Fais-le pour Maria, pour les danseurs, pour Anton et… qu'est-ce que je dis ? Fais-le pour toi !

La musique reprend, les lumières se tamisent et je me déhanche en balançant mes épaules d'un côté et de l'autre. C'est très Jessica Rabbit en fait. Lorsque j'entends le signal de la chanson, je traverse la piste de danse.

J'ai à peine fait cinq pas que, soudain, deux mains puissantes saisissent mes hanches.

La basse est plus forte. Je ferme les yeux et je donne tout, cambrant mon dos, laissant Anton se frotter contre moi. Je saisis sa nuque, et son parfum de noix de coco m'enveloppe dans un cocon de plaisir et de détente.

Tout à coup, il me retourne vers lui. Son corps dessine une vague contre moi. Nous nous cambrons tous les deux, mais Anton tombe par terre avec les autres danseurs, comme si je l'avais assommé avec mon corps. Il se redresse sur les genoux et met des coups de bassin vers moi, affirmant sa virilité.

Ride it baby, ride[1]… Coup de bassin.

With me, I'll go all night[2]…

Let me do you right[3]… Coup de bassin.

And ride it baby, ride[4]…

Ses mouvements sont parfaitement alignés avec la musique. Vers la fin de la chanson, Anton fait un truc de ninja où il rebondit du mur et atterrit sur ses pieds devant moi. Il s'agenouille en relevant une jambe, m'attire à lui et m'étend sur son genou en m'obligeant à me cambrer douloureusement. Puis il s'empare de ma bouche et y dépose un baiser.

C'est alors que les ténèbres m'engloutissent… encore une fois.

Je commence à me débattre, mais j'ai peu de moyens. Je parviens à lui mettre un coup de poing dans la bouche, fendant sa lèvre inférieure,

---

1. Chevauche-la, Bébé, chevauche-la…
2. Avec moi, j'irai toute la nuit…
3. Laisse-moi te donner du plaisir…
4. Et chevauche-la, Bébé, chevauche-la…

mais il saisit mes mains dans une des siennes et pelote mon corps avec l'autre. Des gouttes rouge vif coulent sur son menton et ses dents prennent une couleur nauséabonde. Il m'écrase contre le mur et je sens la peau de mon dos s'irriter tandis qu'il se frotte à moi.

J'essaie de crier, mais il plaque sa bouche sur la mienne pour me mordre, et mon cri n'est plus qu'un borborygme inaudible. Je m'efforce toujours de me faire entendre quand j'entends sa ceinture et sa braguette s'ouvrir, dent après dent, comme si cela se déroulait au ralenti. Je hurle plus fort, mais il frappe ma tête contre le mur. J'y vois flou et ma tête paraît lourde. Je sens qu'il remonte ma robe sur ma taille et l'air frais chatouille ma chair nue. Des tourbillons de lumière dansent devant mes yeux. Je cligne des yeux plusieurs fois, essayant de ne pas perdre connaissance. Je sens ses doigts descendre sur mon ventre pour empoigner brusquement mon sexe. Un sanglot m'échappe alors que la bile remonte dans ma gorge, me brûlant l'œsophage.

— Je vais te prendre tellement fort. Je vais te tringler comme la pute que t'es, espèce de salope, gronde-t-il en crachant sur mon visage.

C'est cet homme qui m'a touchée pendant que je dormais et qui n'a pas montré le moindre remords. Aaron Shipley, sénateur de Californie, est sur le point de me violer. Ici, en public, alors qu'une fête immense bat son plein à quelques dizaines de mètres.

Je sens son gland contre ma cuisse quand il se frotte contre moi.

— Non, je chuchote en secouant la tête.

Je n'ai pour réponse qu'un sourire glaçant. Il remet sa main sur ma bouche alors que je hurle de toutes mes forces. Je mords sa main et découvre un goût de sel et de sang. Il pousse un juron et cogne de nouveau ma tête contre le mur. Mes jambes cèdent et je m'affaisse lentement, comme si je ne pesais rien. Les ténèbres s'apprêtent à m'engloutir, et ma dernière pensée est que cet homme va me violer.

— Ne me touche pas ! je hurle aussi fort que je peux.

— Mia, non, non ! *Lo siento*. Lo siento**. Je suis désolé. *Lucita**, reviens-moi. Merde !

Je reviens sur terre et découvre qu'Anton tient ma tête. J'ai un haut-le-cœur et me dépêche de courir à la poubelle la plus proche pour y régurgiter mon repas. Maria vient à moi et tient mes cheveux, chuchotant des mots doux à mon oreille.

Lorsque j'ai fini, une bouteille d'eau et une serviette apparaissent dans ma main. J'avale plusieurs longues gorgées, mais elles me font l'effet de lames de rasoir. Maria m'observe avec un regard sombre et glacial. Elle prend ma main et m'emmène dans une petite pièce adjacente au studio de danse.

— Qui te fait du mal ? Je connais des gens très riches qui ne toléreront pas qu'une femme souffre.

— Non, Maria, ce n'est pas ce que tu penses, je réponds en secouant la tête.

— Ah bon ? me défie-t-elle en penchant la tête sur le côté. Parce que j'ai l'impression que quelqu'un t'a fait tellement de mal pour que tu aies encore des flash-back. Sans parler du fait que tu te crispes chaque fois qu'un des danseurs ou Anton te touche. Alors dis-moi, je me trompe ? J'ai tout imaginé ? Je sais à quoi ressemble une femme battue, *hermosa**, parce que j'en étais une. Pendant des années. Je ne peux pas accepter que ça t'arrive et mes amis ne le toléreront pas non plus. D'ailleurs, Anton non plus.

Je coiffe mes cheveux en arrière et j'inspire lentement en la regardant dans les yeux.

— Anton est au courant. Personne ne peut rien y faire. Le problème est réglé.

Je ne mens pas vraiment, car techniquement, le problème a été résolu. Ce que j'ai du mal à accepter, c'est la façon dont la situation a été gérée.

— Explique-moi, Mia, parce que je suis folle de rage. Parle-moi. Même si ça te fait du mal, même si tu pleures ou que tu as envie de frapper quelque chose. Il faut que ça sorte. Tu ne peux pas garder ça enfoui. Crois-moi, je l'ai vécu, et j'en suis sortie plus forte.

Son discours est comme une bénédiction et je sais qu'elle me dit la vérité. Elle est convaincue que je peux aller mieux si je lui parle.

— Mon dernier client avait un fils qui m'a agressée, sexuellement et physiquement, et j'ai passé plusieurs jours à l'hôpital.

Elle écarquille les yeux, ses pupilles noircissent.

— J'apprends à vivre avec ça, mais je ne réagis pas bien lorsqu'on me touche. C'est bizarre. En réalité, je ne comprends pas.

Maria s'assied sur le bureau à côté de moi.

— Ce n'est pas bizarre. Ta confiance dans le sexe opposé a été trahie et il te faudra du temps pour la retrouver. Si Anton est au courant, alors il n'aurait pas dû t'embrasser et te tenir comme ça.

— Mais on y travaille, avec Anton. Quand on danse, ça ne me dérange pas, même s'il me tient. Or, dès qu'il m'a mise sur lui, comme ça, et qu'il m'a embrassée, je... je me suis retrouvée plongée dans les événements de cette nuit-là.

Elle hoche la tête et me prend par la taille.

— Tout d'abord, Anton n'aurait pas dû faire ce qu'il a fait.

J'essaie de l'interrompre, mais elle lève la main pour me dire de me taire.

— Non, il connaît ton problème, et il t'a mise dans une position sexuelle dans laquelle tu étais vulnérable. Ce n'était pas malin. Je vais lui toucher un mot à propos de ses improvisations. Cette scène n'était pas prévue. D'ailleurs, ce *cabrón** n'est pas censé obtenir la séductrice. Tout le but du clip est qu'elle est hors de portée ! s'exclame-t-elle, indignée.

— Il s'est sans doute laissé happer par le moment, je réponds en souriant timidement.

— Ouais, ouais. Eh ben, il va avoir affaire à moi. Ça va aller, dit-elle en serrant mon épaule. Il va te falloir du temps. Tu devrais en parler à un psy, même si c'est déjà une bonne chose d'en parler à Anton, à moi et à d'autres proches.

Je pense à Ginelle et je me dis que je dois lui raconter ce qui s'est passé, au lieu de balayer ça sous le tapis et de faire comme si de rien n'était. Elle doit tout savoir, car j'aurai peut-être besoin de me confier à elle à l'avenir. Elle sera en colère, c'est certain. Furieuse, même. Elle aura des envies de meurtre, mais elle m'écoutera. Elle me laissera vider mon sac et elle m'aidera à tourner la page. Voilà ce que je dois faire. Je l'appellerai dès ce soir.

— Bon, tu connais la chorégraphie, et tu es en congé demain. Pourquoi tu ne vas pas te reposer chez toi ? Tu veux qu'on dîne ensemble, ce soir ?

— Je suis désolée, Maria, mais je suis crevée. J'ai envie de prendre un bain, de me faire une tartine au beurre de cacahuète et de m'endormir devant la télé. Tu as une idée de ce que tu nous fais faire ? Et c'est moi qui dis ça alors que je ne fais rien à côté des autres danseurs !

La colère disparaît de ses yeux bleus, remplacée par une joie machiavélique.

— Ça fait du bien de travailler dur. Tu apprécieras encore plus le résultat final, tu verras.

Elle prend mon bras et nous retournons dans le studio, où Anton fait les cent pas devant la porte.

— *Lucita** ! Je me suis laissé emporter. *Lo siento**. Je t'en supplie, pardonne-moi.

Il a l'air terriblement triste, comme s'il avait commis un crime horrible. Or, ce n'est pas le cas. Certes, il a été un peu trop loin, mais c'était naturel étant donné l'ambiance dans la pièce et la chorégraphie que nous faisions. Si j'étais normale, ç'aurait été amusant. Je l'aurais sans doute initié, d'ailleurs.

— Anton, sérieusement, tout va bien.

Je marche vers lui avec les bras ouverts et il vient s'y blottir. Quand ses mains ne sont pas sur moi, il m'est facile d'être en contact avec lui. C'est même confortable.

— Tu peux me prendre dans tes bras, je lui dis.

Il me serre fort contre lui et l'angoisse reparaît, comme toujours, mais je la refoule. Anton est un mec bien, avec un grand cœur. Il a fait une bêtise qui n'en serait pas une si je n'avais pas été victime d'une agression il y a peu de temps.

— Je suis désolé, Mia. Ça ne se reproduira plus, chuchote-t-il dans mon oreille avant de me libérer.

Maria frappe dans ses mains pour attirer l'attention de tout le monde.

— C'est tout pour aujourd'hui ! Rentrez chez vous. Demain, vous êtes en congé, puis on enchaînera avec deux jours de répétition pour que les chorégraphies soient parfaites. Ensuite, on filme !

Les dix danseurs sifflent et poussent des cris de joie en se tapant dans les mains.

— Tu es sûre que ça va aller ? demande Anton au moment où Heather entre dans le studio.

Elle remarque nos postures et fronce les sourcils, alors je lui souris. Elle s'arrête à deux mètres de nous, croise les bras et fusille Anton du regard.

— On m'a dit que tu voulais me parler ?

— Tu parles d'un accueil chaleureux ! murmure le chanteur.

J'éclate de rire et je le prends une dernière fois dans mes bras.

— Tu veux dîner au resto ?

— Non, je vais manger chez moi ce soir. J'ai besoin de repos et d'un long bain pour détendre mes muscles endoloris ! je crie pour que Maria l'entende.

Elle pouffe de rire, clairement ravie. Bon sang, cette nana est méga-cool. Je me demande si elle a un mec ? Je pourrais lui présenter Alec, elle le kifferait. Comme je l'ai kiffé de nombreuses fois.

Attention, plus d'Alec, Mia !

Je soupire et m'avance vers Heather.

— Vas-y doucement, ma belle. Anton n'est peut-être pas perspicace, mais il t'aime comme une sœur. Laisse-lui le bénéfice du doute, d'accord ?

Je recule et la tiens à bout de bras, regardant ses yeux se remplir de larmes alors qu'elle hoche la tête.

— Ok. Alors fonce ! je m'exclame en lui mettant une fessée.

— Aïe ! Espèce de garce ! s'écrie-t-elle en riant.

Je passe ma main dans mon dos pour lui faire un doigt d'honneur.

— À demain, pouffiasse !

Derrière moi, je l'entends parler à Anton d'une voix outrée.

— Tu as entendu ?

Anton éclate de rire et j'entends un cri surpris. Je me retourne et je vois Anton serrer Heather dans ses bras.

— Ne me quitte pas, H. J'ai besoin de toi.

— Tu n'as pas besoin de moi.

— Bien sûr que si ! Tu prends soin de moi !

J'attends un peu pour voir ce qu'elle répond.

— Ouais, tu sais quoi ? C'est vrai. Il est temps que tu t'en rendes compte et que tu réagisses, sinon je m'en vais.

— Tu peux partir, mais je te courrai après. Personne ne me vole ma manager, grogne-t-il.

— Ta manager ?

— Exactement. Si des gens veulent que je fasse un concert chez eux, ils s'adressent à ma manager. S'ils veulent que j'assiste à des remises de prix, ils s'adressent à ma manager. Et cette manager, *chica**, c'est toi. Dorénavant, Heather Renee est la manager du latin lover.

— Alors, j'ai droit à une augmentation ? demande-t-elle en faisant les cent pas devant lui.

— Bien sûr, H. Que dis-tu de prendre quinze pour cent sur chacun de mes concerts ?

Maria siffle en haussant les sourcils.

— Tu es sérieux ?

— Si tu me déniches du boulot, tu mérites d'être payée. Je me suis renseigné, H. C'est parfaitement justifié. Et quand on voyage, tes frais sont pris en charge. Ton nom apparaîtra sur les albums, tout ce que tu veux. Alors… on a un deal, ou non ? demande-t-il en lui tendant la main.

Les yeux d'Heather sont plus grands que jamais. Elle ouvre la bouche et la referme, comme si elle cherchait sa voix.

— Mais… mais… mais, c'est trop.

— Non, pas du tout. Je ne veux pas te perdre, H. Maintenant, tu me serres la main ou tu vas me laisser crever la gueule ouverte ?

Heather tend une main tremblante et Anton n'hésite pas à l'attirer dans ses bras.

— Je t'aime, H, n'en doute jamais. Tu es la femme la plus talentueuse que je connaisse. C'est grâce à toi que je réussis, parce que ma sœur, *mi hermana**, ma meilleure amie, est là pour s'assurer que je vais bien. Parce que tu nous dégotes les meilleurs contrats. Je suis désolé de ne pas l'avoir compris plus tôt.

Elle renifle dans son cou et autorise enfin les larmes à couler le long de ses joues. De mon côté, je suis presque aussi émue qu'elle.

— H, il va falloir trouver une assistante parce que tu vas être trop occupée avec tes nouvelles responsabilités. Oooh, on devrait embaucher une petite Portoricaine sexy, non ?

— C'est mort ! Non ! Tu ne tiendras pas cinq secondes avant de te la taper. Je vais embaucher un homme gay ! Fin de la discussion. Comme ça, rien ne nous distraira !

— T'es pas drôle, bougonne Anton. Maintenant, est-ce que tu peux appeler le *bastardo** qui voulait que tu me trahisses et lui dire que tu as été promue et qu'il aille se faire foutre ? Si je vois ce *hijo de puta**, il est mort.

— Il est super-sympa, en fait, répond Heather.

Anton tourne brusquement la tête vers elle et la dévisage en montrant les dents.

— D'accord, d'accord ! Je vais lui dire que je ne suis pas intéressée.

Le regard d'Anton s'adoucit et il sourit.

Je sors du studio sur la pointe des pieds, satisfaite que tout soit redevenu normal, du moins dans le monde d'Anton et Heather. Reste à voir comment les choses vont se dérouler avec Weston.

Chapitre 7

Je m'étudie dans le miroir et décide que cette tenue fera l'affaire. Le haut de ma robe noire est moulant et coupé comme un marcel, et le bas fluide et évasé m'arrive à quelques centimètres du genou. Elle est mignonne. Je me regarde de dos puis de face une dernière fois. Je me sens sexy, jeune, branchée, mais surtout je me sens moi-même. Au lieu de mettre des talons compensés, je reste pieds nus. Wes sera bientôt là, et je ne sais pas ce qu'il a prévu. Allons-nous parler ? Nous sauter dessus ? Est-ce que ce sera bizarre, étant donné que c'est la première fois que nous nous revoyons depuis notre sauterie en mars ?

Sauterie ? Je me surprends à grimacer. Cela fait un peu trop « salope » à mon goût, et Wes me gronderait sûrement s'il m'entendait. Il considère sans doute que notre partie de jambes en l'air est logique, pour des amis qui se font du bien. D'ailleurs, cela me fait penser à une conversation que nous avons eue il y a longtemps.

— À quoi trinquons-nous ?

— À l'amitié ? répond-il en souriant avant de poser sa main chaude bien trop haut sur ma cuisse pour que nous puissions parler d'amitié. Aux bons amis, ajoute-t-il en regardant ma bouche.

— Des amis qui se veulent du bien ? je demande en haussant un sourcil.

Je croise les jambes et sa main remonte sur ma cuisse. Il plonge son regard dans le mien et mon sang s'embrase.

— Bon sang, je l'espère, chuchote-t-il en approchant son visage.

C'était le début. Jamais je ne me serais doutée que notre histoire évoluerait ainsi. Au cours du mois qui a suivi, notre amitié s'est intensifiée et je me suis laissée vivre pour la première fois de ma vie. Surtout… j'ai commencé à tomber amoureuse.

La sonnette résonne dans tout l'appartement et interrompt mes pensées. J'inspire profondément, je me tiens droite et j'ouvre la porte. Le voilà, bronzé, cool, sublimissime. La perfection incarnée.

— Wes…

Je n'ai que le temps de dire son prénom. Il pose une main sur mon ventre et me pousse en arrière. Il laisse tomber son sac, ferme la porte d'un coup de pied et m'attire dans ses bras. Sa bouche s'empare de la mienne et sa langue au goût de menthe plonge entre mes lèvres. Je retiens mon souffle tandis que nos langues se caressent, cherchant à se souvenir. Nos mains se promènent sur le corps de l'autre, se remémorant les moments passés.

Quelques secondes plus tard, je suis adossée à la porte, les jambes autour de sa taille. Il empoigne mes fesses et j'enfouis mes mains dans ses cheveux, le tenant fort contre moi, m'acharnant sur sa bouche comme si c'était ma première gorgée d'eau après des jours dans le désert. Ses lèvres ont un goût de menthe et d'alcool, de mojito. Je souris et mordille sa lèvre, lui arrachant un grognement. Il presse son érection sur mon clitoris, et un cri m'échappe. Je romps le baiser et cherche ma respiration alors que sa bouche parcourt mon cou, suçant, mordant, léchant.

— Je ne me lasserai jamais de ton goût. Putain, tes seins…

Son grognement est étouffé lorsqu'il dévore ma poitrine après avoir baissé le décolleté de ma robe.

— J'ai besoin de toi, je murmure d'un souffle rauque.

J'entends vaguement la dentelle de mon string se déchirer, il me griffe en voulant l'enlever à toute vitesse. Il me plaque plus fort contre la porte et je gémis lorsqu'il défait sa braguette et que je sens ses phalanges sur ma chair mouillée.

— Je vais te prendre de toutes mes forces, te refaire mienne.

Il mord ma lèvre et saisit ma fesse d'une main tandis que l'autre remonte dans mon dos pour agripper mon épaule.

— Putain, Mia, grogne-t-il en plongeant son sexe en moi.

— Oh, oh, mon Dieu…

Ma tête me semble légère tout en étant pleine d'un plaisir intense. Tout mon corps se contracte, déjà prêt à jouir. C'est si rapide avec Wes. Chaque fois qu'il se retire et me pénètre de nouveau, il m'écarte un peu plus et des frissons électrisés parcourent mes veines.

— Je vais jouir… je te préviens.

— Déjà ? demande-t-il d'une voix rauque en léchant ma gorge. Putain, je sais que j'ai manqué à ta chatte, elle me serre tellement fort. Tellement. Fort. Tu. Es. Toute. À. Moi.

Sa déclaration, ainsi qu'un dernier aller-retour qui écrase mon clito, me font franchir la ligne. Je me crispe et m'accroche à Wes en criant alors qu'il accélère les va-et-vient jusqu'à ce qu'il jouisse aussi. Il s'enfonce profondément en moi et y reste, laissant mon corps laper toute sa semence.

Quelques secondes plus tard, nos souffles se calment et je sors sa tête de là où il l'a nichée dans le creux de mon cou. Je le regarde dans les yeux et il m'offre un sourire langoureux.

— Salut, Bébé. Tu m'as manqué, je dis d'un ton légèrement timide.

Il glousse et frotte son front contre le mien.

— Ça, je l'avais compris. À l'évidence, je ne t'ai pas manqué autant que toi puisque c'est moi qui t'ai attaquée le premier.

Je souris jusqu'aux oreilles et l'embrasse en déversant dans le baiser toute ma joie de le retrouver et tous mes regrets d'avoir passé tant de temps loin de lui.

— Ouais, mais j'étais plus que partante, je dis en contractant mon sexe autour du sien.

Je lui fais un clin d'œil en enlevant mes jambes de ses hanches et en grognant lorsque notre lien est rompu.

— Tu veux boire quelque chose ? Faire une sieste ? Remettre le couvert ?

Il glousse, et ce bruit vibre en moi comme une grosse caisse de batterie. J'adore l'entendre rire.

— Je me disais qu'on pouvait se doucher, manger, remettre le couvert et faire une sieste.

— Maintenant que tu le dis, je suis affamée, je réponds en lissant ma jupe.

Sans doute parce que j'étais trop nerveuse à l'idée de revoir Wes et que je n'ai rien pu avaler.

— Et si je commandais à manger pendant que tu te douches ?

— Je pensais me doucher avec toi, Chérie, répond-il en fronçant les sourcils.

— Mais, dans ce cas, on n'arrivera jamais à la partie « repas » de ton plan.

Je penche la tête sur le côté et pose une main sur ma hanche. Il observe ma posture, sourit et secoue la tête.

— La douche est par là ? il demande en désignant le fond de l'appartement.

— Ouaip. Je commande à manger. Va laver la crasse du voyage et, euh, tu sais… je bégaie en désignant son entrejambe.

— Ma queue ? Tu veux qu'elle soit propre, Chérie ?

Il sourit à pleines dents, et c'est tellement sexy que ma chatte se contracte. Je gigote et serre les cuisses, feignant de ne pas être affectée par cette discussion cochonne.

— Tu peux avoir une bite sale, si tu veux, mais je ne vais pas la prendre dans ma bouche après six heures de vol et une baise rapide contre la porte. Va te doucher, comme ça, on pourra parler.

Il tourne les talons et file vers la salle de bains.

— Du moment que par « parler » tu entends que je passe mon temps entre tes jambes avec « ça », dit-il en empoignant son paquet, et ça, ajoute-t-il en remuant les doigts, ou encore ça, conclut-il en tapotant sa bouche, alors ça me va !

Je lève les yeux au ciel et l'ignore pour qu'il s'en aille, même s'il sait qu'il m'a déjà excitée de nouveau. Cependant, je sens alors le mélange de nos essences glisser à l'intérieur de mes cuisses. Merde. Il a déchiré ma culotte et je n'ai plus de barrière, il me faut une serviette. Peut-être que je devrais le rejoindre sous la douche ?

*

Le ventre plein des meilleurs sushis de Miami, Wes et moi nous blottissons sur le canapé pour profiter de la compagnie l'un et de l'autre. Il caresse mécaniquement mes cheveux, que j'ai laissés sécher à l'air libre pendant que nous mangions. Je ne me souviens pas d'avoir déjà été aussi à l'aise avec un homme pour qui j'ai des sentiments. Avec Wes, il n'y a pas d'exigences, pas de stress, pas de mélodrame.

C'est agréable. Plus qu'agréable, d'ailleurs.

Sans prévenir, Wes se lève et prend ma main. Je me laisse faire parce que… je le suivrais n'importe où. Il m'emmène dans la chambre et me tourne face à la fenêtre donnant sur l'océan et le ciel teinté de rose, d'orange et de bleu dans lequel le soleil se couche lentement. Je repense toujours au temps que nous avons passé ensemble lorsque je me retrouve face aux vagues.

— Demain matin, on ira surfer, dit Wes en posant ses mains sur mon ventre et en me ramenant contre son corps.

— Ce serait génial, je réponds en m'appuyant contre lui.

Il fredonne dans mon cou et glisse ses doigts sous les bretelles de ma robe que j'ai remise sans soutif après la douche. Il baisse le tissu le long de mes bras pour la faire tomber à mes pieds, puis il pose ses mains sur ma taille et remonte lentement sur ma cage thoracique. Ma peau se couvre de chair de poule et je frissonne. Ses larges mains s'emparent de mes seins et je ferme les yeux en retenant mon souffle.

— Ils m'ont manqué. Tu as les plus beaux seins que j'aie jamais vus, chuchote-t-il en déposant une série de baisers sur mon épaule. Les plus beaux que j'aie touchés.

Il les palpe et les masse lentement, et bientôt j'avance et recule mon bassin sans m'en rendre compte.

— Ils sont si sensibles quand on les touche.

— Seulement quand tu les touches, je marmonne en frottant ma tête contre ses pectoraux.

— C'est vrai, ça ?

Je me concentre sur la sensation légère de ses doigts sur mes seins et mes tétons. Une vague de chaleur envahit peu à peu mes veines, depuis la pointe dure de mes seins jusqu'à mon ventre avant de se concentrer entre mes cuisses.

Lorsqu'il parle de nouveau, il me coupe le souffle en me rappelant une des plus belles nuits de ma vie.

— Règle numéro un, commence-t-il en me faisant sourire jusqu'aux oreilles, nous allons baiser comme des lapins durant les trois prochains jours.

Trois jours ? Il pince fort mes tétons, mettant fin à toute forme de pensée. Je pousse un cri essoufflé, folle de joie d'être dans ses bras après tout ce temps. Toute ma peur et mes angoisses disparaissent lorsque je suis avec cet homme. Ses caresses sont les seules dont j'ai besoin, dont je meurs d'envie. Mon entrejambe se contracte sur du vide. J'ai besoin de l'y sentir, qu'il m'emmène au septième ciel.

— Je me souviens de cette règle, je susurre en reculant contre lui, frottant mes fesses à son érection.

Nous avons beau nous être envoyés en l'air tout à l'heure, nous avons plusieurs mois à rattraper.

Wes ricane et réagit en pinçant de nouveau mes tétons. Des frissons d'électricité s'engouffrent dans mes veines pour se précipiter dans mon clitoris pulsant et désespéré.

— Règle numéro deux, poursuit-il, nous sommes exclusifs.

Cette fois-ci, j'éclate de rire, mais il se venge en griffant la peau sous mes seins. Je gémis et tremble dans ses bras.

— Je me souviens aussi de celle-là. La dernière fois, c'était pour un mois. C'est pour combien de temps, cette fois ?

Ma poitrine se serre et je me demande s'il ressent la tension qui envahit soudain la pièce. Il ne sait pas encore que les choses ont changé pour moi.

— Indéfiniment, répond-il d'une voix rauque, faisant vibrer ma colonne vertébrale.

Ses dents raclent mon épaule et il me mord au même endroit qu'Aaron. Je m'attends à être propulsée dans ces souvenirs sordides, mais mon corps frissonne de plaisir sous ses mains expertes.

— Ça veut dire que tu ne vois plus ton autre amie ?

Je ferme les yeux, attendant, retenant mon souffle, trop effrayée pour espérer que mon vœu soit exaucé. Par le passé, jamais les hommes dont je tombais amoureuse ne m'ont rendue heureuse. Jamais. Faut croire que c'est dans mes gènes. Avec Wes, je n'ai qu'une envie, démolir cette peur de l'inconnu et faire de nouveau confiance à un homme. Déverrouiller mon cœur, le garder grand ouvert et laisser Wes entrer.

— Je ne la vois plus depuis qu'on a baisé au téléphone.

C'était il y a un mois. Waouh, il est vraiment sérieux ! J'en ai la chair de poule.

— Règle numéro trois : nous dormons toujours dans le même lit. On ne veut pas se tromper sur la nature de cette relation.

Je me frotte à sa queue jusqu'à ce qu'il grogne. Il saisit mes hanches et dessine des cercles avec son sexe sur mes fesses.

— Mmm, je murmure. Et comment définirais-tu notre relation, maintenant ?

J'ai de plus en plus de mal à parler parce qu'il est dur comme fer et que mon string est trempé. Wes recule le bassin, et le manque est si soudain que je suis à deux doigts de pleurer. J'essaie de protester, mais il penche ma tête sur le côté et se blottit dans le creux de mon cou.

— Ma belle… Toi et moi… c'est le paradis. Dorénavant, où que tu ailles, quoi que tu doives faire d'ici la fin de l'année, ce paradis t'attendra et je t'y accueillerai à bras ouverts.

Le paradis. C'est vrai. Le mois que nous avons passé ensemble, notre nuit à Chicago, ainsi que tous nos appels et nos messages étaient divins. Avec lui, je suis moi-même et je suis heureuse.

— Et la quatrième règle ? je demande, à bout de souffle.

Voilà la question cruciale. Il y a plus de six mois, il établissait ces règles pour la première fois. La quatrième règle était que nous ne tomberions pas amoureux. Mon cœur bat la chamade. Je me cambre comme un chat, et il caresse mes tétons avec une dévotion que je n'ai pas connue depuis longtemps. Wes ne répond pas. Un mélange d'inquiétude, de panique et de désespoir envahit mon âme et je me retourne, m'accrochant à son cou, plongeant mes mains dans ses cheveux, l'obligeant à baisser la tête pour me regarder. Un sourire plein de tendresse se dessine sur son visage et je le serre plus fort encore.

— La règle numéro quatre ? Je l'ai enfreinte il y a six mois quand je suis tombé amoureux de toi.

Les larmes me montent aux yeux et je n'y vois plus. Je déglutis, essayant de défaire le nœud dans ma gorge.

— Wes, je…

— Chérie, je sais que quelque chose a changé en toi, depuis ma visite en mars. Je l'ai senti dans nos appels, nos messages, ce bazar avec Gi…

Je pose mon index sur ses lèvres pulpeuses. La dernière chose que je souhaite entendre de cette bouche divine, alors que je suis sur le point de lui avouer mon amour, c'est ce prénom.

— Pas maintenant, je chuchote d'une voix tremblante.

— Dis-moi ce que je veux entendre, Mia. Ce que j'ai besoin d'entendre. Je l'ai mérité, non ?

Il a parfaitement raison et, enfin, après six mois de questionnement, de déni et de doute, je suis prête. Pour la première fois de ma vie, je m'offre la possibilité d'une belle histoire, pleine de gentillesse et de douceur, de rires et de passion. Une histoire qui est tout à moi. *Mon paradis.*

Je plonge mon regard dans ses yeux verts et je caresse ses cheveux blonds ébouriffés par notre partie de jambes en l'air. Je promène mes lèvres le long de sa barbe naissante et je m'approche de son oreille, pour être sûre qu'il m'entende même si je le chuchote tout bas.

— Je t'aime, Wes.

Il me serre fort dans ses bras – aussi fort que possible – et je sens la tension déferler dans ses veines.

— Je ne te laisserai pas partir, cette fois, grogne-t-il.

— Je t'aime.

J'embrasse sa joue et il desserre un peu son étreinte.

— Je t'aime.

J'embrasse ses sourcils et il soupire.

— Je t'aime.

J'embrasse ses lèvres, et il ouvre la bouche.

Quelques secondes plus tard, je tombe sur le lit et il s'étend sur moi.

— Tu m'aimes ?

— Oui, je répète allègrement.

Son sourire est si grand que les larmes me montent aux yeux.

— Je vais t'aimer si fort, ma belle, qu'après ce soir, je ne sais pas si tu pourras marcher.

Je souris et pousse un cri strident lorsqu'il enlève ma culotte et saisit un téton dans sa bouche. Lorsque je gigote et pantelle sous lui, déjà sur le point de jouir, il descend sur mon ventre.

— Écarte-moi ces jambes, Bébé. Je veux goûter au paradis.

Je lui obéis, écartant mes cuisses, me révélant à lui tout entière. Lui offrant mon amour, mon corps, lui prouvant que je suis toute à lui.

Ses yeux étincellent et il promène sa main sur mon sexe.

— Tu es tellement mouillée. Ton corps réagit si vite que je pourrais déjà te prendre. Mais d'abord, je veux goûter ton élixir. Je rêve de mettre ma bouche sur toi et de te sucer jusqu'à ce qu'il ne reste plus rien, puis de tout recommencer. Accroche-toi aux draps, Chérie, parce que je suis assoiffé.

— Espèce de salaud, je dis avant qu'il n'écarte davantage mes cuisses et mes lèvres pour poser sa bouche sur moi.

Un gémissement rauque lui échappe, puis il plonge sa langue en moi. Le plus profondément possible. Ses mains empoignent mes fesses et il me soulève pour m'appuyer sur sa bouche. Je hurle et m'accroche aux draps, prête à le laisser faire, mais je jouis déjà au bout de deux secondes. Il s'assied et se lèche les lèvres, puis il s'essuie la bouche sur son bras en me regardant. Il aligne sa queue sur mon sexe et il s'enfouit profondément en moi.

Je sursaute, déjà crispée de la tête aux pieds après mon premier orgasme et déjà en route pour un second.

— Bon sang, Wes, tu vas m'achever, je chuchote en passant mes jambes autour de sa taille alors qu'il accélère ses allers-retours.

— Au contraire, ma belle. Je ne suis que le début, comme une renaissance. Maintenant tais-toi. Je fais l'amour à ma femme.

Mon cœur fond en entendant ses paroles. Wes passe la soirée à me faire l'amour, moi, *sa femme*. Au milieu de la nuit, je réussis néanmoins à le convaincre que sa femme a besoin d'une bonne baise. Il me retourne à quatre pattes, me met une fessée et s'enfouit en moi, s'acharnant de toutes ses forces jusqu'à ce que je hurle de plaisir.

Chapitre 8

Les vagues s'écrasent sur la planche et j'ai de l'eau salée plein les yeux et la bouche, mais je ne pourrais être plus heureuse. Le corps musclé de Wes est loin devant moi, allongé sur sa propre planche. Tout à coup, le voilà debout, fendant les vagues. Je suis son exemple et, par miracle, je réussis moi aussi à surfer une vague qui est, bien évidemment, beaucoup plus petite. Cependant, la sensation n'en est pas moins fabuleuse.

Je plante mon surf dans le sable tandis que Wes reste debout sur le sien jusqu'à ce qu'il n'ait qu'un petit bond à faire pour retrouver la terre ferme. Il vient jusqu'à moi, passe sa main sur ma nuque et approche sa bouche de la mienne. Nos langues et nos dents s'y mettent, et notre baiser devient indécent. Il lâche sa planche pour libérer son autre main et empoigner mes fesses. Il pousse un grognement, rompt le baiser et secoue la tête, éclaboussant des gouttelettes partout, comme un chien qui s'ébroue. Il ouvre sa combinaison et la baisse sur ses hanches, révélant son torse bronzé et parfait qui scintille au soleil. Je prends mon temps pour le reluquer en rêvant de lui sauter dessus et je dois me rappeler que ce demi-dieu est à moi. *Mon* Wes.

— Tu as l'air d'aimer ce que tu vois. Si tu veux te retrouver le cul dans le sable et ma queue entre tes jambes, continue comme ça.

Je frissonne de la tête aux pieds en visualisant ce qu'il vient de dire. Je devrais sans doute être choquée, mais je suis prête à tout pour l'obliger à tenir parole.

Il secoue la tête en souriant jusqu'aux oreilles.

— Alors, tu ne travailles pas aujourd'hui, n'est-ce pas ?

— Non, j'ai dit à Anton que j'avais besoin d'un autre jour de congé. En revanche, je dois répéter demain parce qu'on filme le clip le jour d'après.

— Dans ce cas, tu es toute à moi, dit Wes en me prenant par les épaules.

Plutôt que d'admettre combien sa déclaration est vraie, je me contente de sourire, heureuse d'être blottie contre lui.

— On retourne à l'appartement ? je demande sans masquer mes intentions.

Je l'admets, je suis accro à nos parties de jambes en l'air. J'ai peut-être couché avec Alec et Taï depuis la dernière fois que j'ai vu Wes, mais ce n'était pas la même chose. Il n'était jamais question d'amour. Avec Wes… c'est autre chose. C'est plus… et je ne peux plus m'en passer.

Il reprend sa planche, puis la mienne, prouvant que la galanterie existe encore, et nous retournons au cabanon pour rendre nos surfs et nos combinaisons. J'enfile mon short en jean, mon débardeur et mes Converse tandis que Wes met son bermuda, ses chaussures bateau et son t-shirt. Je finis d'attacher mes cheveux en chignon fouillis quand il prend ma main.

Nous montons dans la Jeep Wrangler sans toit qu'il a louée, et il démarre avant de poser une main sur ma cuisse comme pour se rappeler que je suis encore là. Il m'offre un sourire coquin et il se lance sur Ocean Drive. Je décide de profiter du soleil et de la chaleur de Miami, mais surtout d'être jeune et amoureuse. La sensation n'est pas nécessairement nouvelle, mais c'est la première fois depuis longtemps que j'ai la foi et l'envie de me laisser envahir et bercer par ce sentiment.

Je ne me demande où il m'emmène que lorsqu'il s'engage dans une allée menant à une énorme propriété.

— Où sommes-nous ? je demande à Wes alors qu'il sort de la voiture et fait le tour pour ouvrir ma portière.

J'accepte sa main, descends et remonte mes lunettes de soleil pour admirer les jardins luxuriants et l'architecture ancienne du bâtiment.

— À la Villa Vizcaya. Ça fait longtemps que je voulais venir. J'ai fait beaucoup de recherches sur cet endroit et je pense que ça pourrait être l'emplacement parfait pour le nouveau scénario sur lequel je travaille.

Il prend ma main et nous entrons dans l'immense bâtisse. Nous nous équipons de brochures et nous aventurons librement dans la demeure. J'ai du mal à en croire mes yeux. Les collections d'art sont splendides et les chambres royales. Soudain, cela me frappe. Wes est richissime ! Je ne sais plus s'il est millionnaire ou milliardaire, non pas que cela change quoi que ce soit. À mes yeux, il faut assez d'argent pour subvenir à ses besoins et s'amuser un peu, inutile d'en avoir plus. Je n'ai pas besoin de montagnes de billets pour être heureuse, juste assez pour tirer mon père de ses ennuis et reprendre le cours normal de ma vie.

Wes reste silencieux un long moment, fasciné comme moi par l'opulence, l'histoire et les détails de chaque pièce. Apparemment, la propriété appartenait à une riche famille et le dernier héritier en a fait don à la région. Celle-ci perçoit un revenu en la louant pour des soirées, des mariages ou encore le tournage de films. Bien sûr, la villa est ouverte aux touristes, permettant au public de s'émerveiller devant l'extrême richesse des anciens propriétaires. Il y règne une atmosphère magique et presque irréelle, un peu comme celle que je m'attendrais à trouver dans un château.

— Tu m'emmèneras dans un château ? je demande à Wes en parcourant un long couloir décoré de tableaux de la Renaissance.

Il ferme les yeux un instant, puis il les rouvre, comme pour effacer quelque chose de son imagination.

— Bien sûr. Il y en a de magnifiques en Allemagne. On devrait y aller en vacances.

Mais bien sûr ! Comme si c'était aussi simple. Prévoyons un voyage. En Allemagne. C'est ainsi que vit le pour cent le plus riche de la population ? Le plus loin que je suis allée, c'est Hawaï ! Jamais je n'aurai assez d'argent pour payer des billets d'avion pour l'Europe.

— Ce n'est pas trop cher ? je demande en essayant de masquer mon angoisse.

— Pas pour moi, répond-il en haussant les épaules. C'est une goutte d'eau dans un océan, ma belle.

Une goutte d'eau. Aller en Allemagne est une goutte d'eau pour quelqu'un d'aussi riche que Wes. Merde. Il faudra qu'on finisse par parler de sa fortune et de ma pauvreté. Suzi est mon bien le plus précieux, et elle ne coûte même pas le tiers d'une Honda Civic d'occasion.

J'inspire profondément et serre sa main plus fort. Bon. Soyons adultes. Je ne dois pas laisser les questions d'argent s'immiscer entre nous. Wes sait ce qu'il peut se permettre ou non, et je ne veux pas émasculer mon mec. S'il veut aller en Allemagne, soit. Nous parlerons de tout cela quand cette année touchera à sa fin.

Nous sortons par des portes-fenêtres et nous retrouvons face à une mer de pelouse et de végétation luxuriante.

— Cette villa appartenait à James Deering, un homme d'affaires. Tu le connais peut-être, de la Deering-McCormick-International Harvester[1], dit Wes.

Cela ne me dit rien, mais je l'écoute et hoche la tête. À l'évidence, l'histoire de ce lieu l'intéresse énormément et je dois admettre qu'il m'a happée moi aussi. J'ai soudain l'impression d'être plongée dans les pages du livre *Le Jardin secret*.

— Les jardins à l'italienne et la forêt ainsi que ces dépendances historiques font partie de la villa. C'est magnifique, non ? demande-t-il tandis que nous descendons les marches, main dans la main.

En tout cas, les jardins sont splendides. La région doit dépenser une fortune pour les entretenir. Les arbres et les buissons sont impeccablement taillés, la pelouse tondue, et les parterres de buissons bas sont sculptés pour dessiner une dentelle fleurie.

— Le jardin et l'architecture ont été influencés par les styles vénitien et toscan de

1. Célèbre entreprise américaine de fabrication d'outillage agricole, fondée en 1902.

la Renaissance italienne avec des éléments baroques. C'est Paul Chalfin[1] qui s'est chargé du design.

Je respire les nombreux parfums de fleurs et d'herbe fraîchement coupées.

Main dans la main, nous parcourons chaque allée et admirons chaque recoin, jusqu'à ce que nous tombions sur une étrange fontaine. L'eau coule lentement sur de grosses marches d'environ un mètre de hauteur qui sont couvertes de mousse et bordées d'énormes pots de fleurs. Wes me place devant la cascade, fait quelques pas en arrière et lève son téléphone. Je souris et il me prend en photo.

— Je veux me souvenir de ce moment, Chérie, murmure-t-il en revenant m'embrasser sous l'oreille.

Des frissons d'excitation picotent mes nerfs et me rendent toute chose, m'empêchant de voir qu'il s'apprête à faire un selfie de nous.

---

1. Célèbre artiste et décorateur d'intérieur new-yorkais, principalement connu pour la Villa Vizcaya.

— Je veux une copie ! je déclare tandis qu'il m'attire contre lui.

Nous reprenons notre visite, collés l'un à l'autre de l'épaule à la hanche, tout est parfait.

— Tu vois cette sculpture ? demande-t-il lorsque nous nous arrêtons devant une structure rectangulaire.

— Difficile de ne pas la voir, Bébé, je rétorque en ricanant.

— Elle est dans une scène d'*Iron Man 3* ! Prends-moi en photo !

Je ris et le prends en photo tandis qu'il gonfle ses biceps comme un super-héros.

— Quel geek ! je m'exclame en riant.

Il me reprend dans ses bras.

— Ouais, mais tu aimes ça !

Ses yeux verts pétillent et son visage n'est que joie et sérénité. Je pourrais contempler ce visage toute ma vie.

— Parce que je t'aime, toi, je réponds.

Il retient son souffle.

— Tu n'imagines pas l'effet que me font ces mots. Bon sang, Mia, je ne sais pas comment le décrire. J'ai tellement de chance. J'ai attendu ces paroles toute ma vie.

— Tu ne me connais que depuis sept mois, je rétorque en frappant son torse.

Je parviens à lui échapper et je m'éloigne en me déhanchant de manière exagérée, essayant de détendre l'atmosphère.

— Allez, viens. On a encore des milliers de kilomètres de pelouse à parcourir.

— Tu es incroyable, dit-il en me rattrapant.

— Pourtant, mieux vaut le croire, parce que je ne vais nulle part, je réponds en lui mettant un petit coup de hanche.

— J'espère bien. Tu es à moi, maintenant.

Il m'attire dans ses bras pour m'embrasser. Le baiser n'est ni doux ni sauvage, mais terriblement langoureux et clairement précurseur d'une partie de jambes en l'air. Déjà haletante, je gémis dans sa bouche et empoigne ses cheveux pour le serrer contre moi. J'ai envie de lui et je me fiche qu'on soit en public.

— Envie de toi… je chuchote entre deux coups de langue.

Il sourit jusqu'aux oreilles et saisit une poignée de mes cheveux.

— Je sais, répond-il en reprenant ma main. Allez, comme tu l'as dit, on a encore des milliers de kilomètres à parcourir, et j'ai envie de rentrer à l'appartement pour te sauter dessus.

Je lui emboîte le pas, légèrement confuse et agacée que notre moment de séduction touche à sa fin, tout en ayant hâte de recommencer lorsque nous rentrerons à Miami.

— Où est la sortie ?

Il éclate de rire et mon cœur fond sur-le-champ. Le rire de Wes est sublime, comme tout chez lui.

— Sois patiente, Chérie. L'attente rend les choses plus intenses. On a toute la nuit.

— Ouais, mais l'un d'entre nous doit travailler demain. Et cette personne veut être épuisée parce que son mec lui aura fait l'amour toute la nuit, pas parce qu'elle aura passé la journée à parcourir un joli jardin.

— Tu es dure.

— C'est vrai, mais je préférerais que tu sois dur aussi, vois-tu. Allez, viens. Épuise-moi, je dis en souriant.

Il me soulève dans ses bras et tourne sur lui-même, me faisant éclater de rire. C'est amusant et insouciant. C'est Wes et moi.

*

Il se jette sur moi dès que les portes de l'ascenseur se referment. Ses mains me caressent, me pelotent et me griffent, et sa langue plonge dans ma bouche. La main courante appuie dans mon dos et je grimace en gémissant. Wes parcourt mon dos à tâtons, cherchant l'objet coupable, puis ses mains glissent sous mes cuisses pour me soulever. Non seulement la barre ne perce plus mon dos, mais son érection frotte mon sexe. C'est sauvage et délicieux, c'est ce qu'il me fallait.

Les portes s'ouvrent. Cela devrait mettre un terme à notre démonstration d'affection bien trop publique, mais nous sommes déjà trop loin. Cependant, des éclats de rire, en plus du fait que l'ascenseur ne bouge pas, parviennent à percer le brouillard de désir qui m'enveloppe. Il rompt le baiser en même temps que moi, et nous tournons la tête. Anton tient la porte ouverte et Heather se couvre la bouche, essayant de retenir ses éclats de rire.

— *Lucita**... commence Anton d'une voix amusée avant de regarder Wes. Tu dois être son mec. Je suis content que tu sois venu. Au moins toi, tu peux la toucher, déclare-t-il.

Il observe notre position comme si elle n'avait rien de choquant. Cela dit, connaissant Anton et son penchant pour les femmes, peut-être fait-il cela tous les jours.

Derrière Anton, Heather me fait un signe de la main tandis que Wes pousse un grognement guttural pour montrer son agacement. Je pouffe de rire et descends le long de son corps pour poser mes pieds par terre. Toutefois, il ne me laisse pas aller bien loin, sans doute pour cacher son énorme érection derrière mon corps. Je fais une moue boudeuse, attristée de ne plus la sentir entre mes jambes.

Nous sortons à mon étage, et Wes étudie Anton d'un air douteux en lui tendant la main.

— Mia ne m'a pas dit que tu venais, mais je suppose qu'après l'agression de ce *cabrón** l'a agressée le mois dernier, tu avais besoin de voir ta nana. Respect, mec, déclare Anton en mettant une tape dans le dos de Wes.

— Je te demande pardon ? Quel mec ? On a agressé Mia ?

Anton recule, comme s'il venait d'être giflé. Les choses sont sur le point de déraper. J'essaie de lui faire des signes pour l'arrêter, mais je n'y parviens pas.

— Ah, t'en fais pas, mec, dit-il en prenant Wes par l'épaule. Son secret sera bien gardé avec moi. Mais de pas pouvoir la toucher… putain mec, elle est magnifique. Aucun homme ne pourrait s'en empêcher, même amicalement. Enfin, tu sais de quoi je parle, ajoute-t-il en souriant et en désignant l'ascenseur. Mais ce *bastardo** qui l'a fait sans sa permission l'a mise à l'hosto. Tu devais être fou de rage, non ?

Wes s'arrête brusquement et serre les poings en me regardant du coin de l'œil.

— Tu as été agressée ? Tu as été à l'hôpital ? À cause d'un putain de client ? Mia ? Réponds-moi !

Je suis immobile, la respiration coupée tandis que les larmes me montent aux yeux.

— C'est pas aussi grave que tu crois, je chuchote.

— Est-ce que ce mec t'a touchée aussi sans ta permission ? demande-t-il en désignant Anton.

J'écarquille les yeux et ouvre la bouche pour répondre, mais Wes se méprend sur ce que je suis sur le point de dire et il plaque Anton contre le mur en le saisissant à la gorge.

— Tu l'as touchée ? siffle-t-il.

Anton s'en remet vite et empoigne les bras de Wes. Je prie pour qu'il ne commence pas une bagarre, mais ce n'est pas le cas. Anton ne bouge pas et laisse Wes le tenir contre le mur.

— Je t'ai posé une question ! gronde Wes.

— Non, répond simplement le chanteur sans le quitter des yeux, comme pour le défier de ne pas le croire.

Je pose mes mains dans le dos de Wes, ne sachant pas quoi faire, ne voulant pas aggraver la situation.

— Wes, Bébé, Anton essaie justement de m'aider à me remettre de ce qui s'est passé. Lâche-le, s'il te plaît. Il faut qu'on parle, toi et moi. Anton ne m'a pas fait de mal.

— Pourquoi tu dis que tu ne peux pas la toucher, alors ? Pourquoi tu dirais ça ? crache-t-il.

Anton fait preuve de la patience d'un saint, ce qui est étrange, car je sais qu'il fait de la boxe et de la muscu plusieurs fois par semaine. Il pourrait sans doute mettre une raclée à Wes s'il en avait envie.

— Mec, quand elle est arrivée, elle ne supportait même pas un simple câlin. C'était grave.

Non, non, non, non, non. Le sol semble se dérober sous mes pieds, et je me laisse sombrer par terre. Wes n'est pas censé savoir ! Je ne veux pas ruiner notre histoire, elle est trop belle, trop importante. Maintenant, il saura que je suis abîmée et qu'il peut faire mieux. Je n'ai pas eu assez de temps avec lui.

Heather crie quelque chose, mais je ne l'entends pas par-dessus le bruit de mes pensées paniquées. On me soulève et je me retrouve dans les seuls bras que je désire et dont j'ai besoin, ceux de Wes.

— Ma chérie, je suis désolée. Ça va aller, Chérie. Ne t'en fais pas.

Je ne sais comment il entre chez moi et s'assied sur le canapé, me serrant fort contre lui. Il me tient longtemps tandis que je pleure en tremblant. Il m'apaise en caressant mes cheveux, en me chuchotant des mots doux. Alors que je suis assoiffée, un verre apparaît de nulle part sur mes lèvres.

— On va vous laisser, *amigo**. Je suis désolé. Je ne savais pas. *¡ Puñeta*[1] *! Lo siento**.

— Si tu as besoin de quoi que ce soit, j'ai laissé nos cartes sur le plan de travail. On prendra des nouvelles plus tard. Prends soin de notre nana, dit Heather d'une voix douce.

Notre nana. Ils me considèrent comme leur nana, mais le seul à qui je veux appartenir,

1. Putain ! Je suis désolé.

c'est Wes. Je renifle dans son cou, respirant le parfum de l'océan, regrettant de ne pas être chez lui à Malibu plutôt qu'à Miami, dans cet appartement inconnu.

— Eh, ça va ? me demande-t-il en relevant ma tête pour essuyer mes dernières larmes.

Je hoche la tête.

— Tu as faim ?

Je secoue la tête.

— Soif ?

Même réponse.

— De quoi as-tu besoin ?

— J'ai besoin que tu m'aimes.

— Mia, je t'aime depuis la seconde où tu as enlevé ton casque sur la plage. Bon sang, peut-être que je t'aimais déjà quand maman m'a montré les photos de toi sur le site d'Escorts Exquises. J'ai su tout de suite que je devais t'avoir. Et pas seulement dans mon lit, même si tu sais que j'aime ça, dit-il en souriant diaboliquement. Mia, ça a toujours été plus, avec toi. Tout m'appelle chez toi. Ton corps me rend faible de désir. Ton amour de la vie et des découvertes me donne envie de t'offrir le monde entier, juste pour te faire sourire. Je t'aime aujourd'hui, je t'aimerai demain, et chaque jour après ça.

— Prouve-le.

Il pousse un grognement et soupire.

— Chérie, il faut qu'on parle.

— Prouve-le, je le supplie.

Il passe sa main dans ses cheveux, puis sur son visage.

— Bon sang Mia, tu veux quoi, exactement ?

— Que tu me baises.

— Pas ce soir, non, répond-il en secouant la tête. Ce soir, je vais te vénérer.

Chapitre 9

Je regarde Wes faire les cent pas, s'arrêter, se tirer les cheveux, faire une grimace, jurer, faire demi-tour et recommencer.

Soudain, il s'arrête, ferme les poings et se tourne vers moi.

— Je vais le tuer, putain. Je vais le ruiner. Sa carrière politique ? Finie ! Cette pourriture mérite une branlée !

— Il s'en est déjà pris une, je réponds.

Je lève la tête lorsque je sens l'atmosphère se tendre encore plus. Les yeux de Wes sont noirs de colère.

— Mason lui a cassé la gueule, je chuchote avant de déglutir pour me débarrasser du nœud qui s'est formé dans ma gorge.

J'essaie de parler, mais il m'interrompt en me fusillant du regard.

— Mason ? Putain mais c'est qui, Mason ? siffle-t-il d'une voix si froide que je cligne plusieurs fois des yeux.

— Euh… euh… Mason est un ancien client… un ami ! j'ajoute quand les yeux de Wes s'assombrissent encore.

— J'arrive pas à le croire ! répète-t-il en se remettant à faire les cent pas. Ma copine se fait attaquer par un connard et finit à l'hôpital, et on ne me dit rien ? Putain, Mia ! C'est hallucinant !

Je suppose qu'il ne servirait à rien de lui rappeler que nous n'avions pas décrété que nous étions en couple, à l'époque.

— Je ne sais pas quoi faire, déclare-t-il en s'arrêtant.

Je me lève d'un bond et saisis ses mains.

— Bébé, tu ne peux rien faire.

Il mord sa lèvre si fort que je crains qu'il se fasse saigner.

— Je suis tellement en colère, Mia, murmure-t-il d'une voix pleine de souffrance. Il faut que je fasse quelque chose.

— Non. Ce que tu dois faire, c'est m'aider. Aide-moi, Wes. C'est fini, j'ai tourné la page.

Et c'est vrai. J'ai passé la dernière heure à lui raconter tout ce qui s'est passé dans le détail, y compris la façon dont Aaron et moi avons flirté jusqu'à ce que je le trouve dans ma chambre. Wes m'a tenu la main en restant assis patiemment pendant que je lui racontais cette expérience horrible, caressant mon dos et essuyant mes larmes. Ce n'est que lorsque j'ai eu fini qu'il a cessé de caresser mon dos et qu'il s'est mis à faire les cent pas et à jurer.

Ensuite, la colère est arrivée.

Wes secoue la tête et se tire les cheveux pour la énième fois.

— Ce n'est pas fini. Chérie, la seule chose qui va réparer la situation, c'est que je le démonte. Tu ne comprends pas ? Il a fait du mal à la femme que j'aime ! Beaucoup de mal, ajoute-t-il en tremblant des pieds à la tête. Il faut qu'il souffre au moins autant que toi.

— Wes, comme je te l'ai dit, il doit aller voir un psy et il doit aller aux Alcooliques anonymes. Bébé, si la presse ou qui que ce soit l'apprend, Aaron ne sera pas le seul à en pâtir. Des centaines, voire des milliers de personnes à travers le monde, vont en faire les frais. Son père va devoir annuler son projet parce que ses investisseurs ne soutiendront jamais un homme dont le fils est un prédateur sexuel et un alcoolique. Essaie de comprendre, s'il te plaît.

Il recommence à faire les cent pas, mais je vois à la façon dont il courbe le dos qu'il a compris. Je lui ai dit la même chose il y a un quart d'heure quand je lui ai parlé du projet de Warren et que je lui ai expliqué que tout tomberait à l'eau si les problèmes de son fils devenaient publics. Weston le sait car, dans les mêmes circonstances, il retirerait son argent.

— Wes, cela aurait aussi de graves conséquences pour tous mes clients…

Il s'appuie sur le dossier du fauteuil et me regarde en fronçant les sourcils.

— Comment ça ?

— Eh bien, ça aurait des conséquences sur toi, sur Alec, Mason, Tony, Hector, les D'Amicos, Taï, Anton… Je ne peux pas risquer un procès qui serait suivi par la presse nationale.

— Chérie, explique-moi. Qui sont tous ces gens ?

Bon sang, nous voilà arrivés à un moment crucial. C'est le genre de conversation qui rend les couples plus forts ou les brise à jamais. Je n'ai pas le choix.

— Wes, tu sais que je suis escort. Les gens pensent que cela signifie que je suis une prostituée de luxe, et dans certains cas, cela pourrait être perçu comme étant vrai.

Il hausse les épaules et soupire longuement.

— Mon tarif fait que seuls des gens riches, haut placés ou célèbres peuvent se permettre de s'offrir mes services.

— Je ne te suis pas, il faut que tu me racontes tout, dit-il d'une voix froide.

Il veut que je lui fasse un dessin ? Très bien, aucun problème.

— C'est toi qui l'auras voulu. Tu sais que j'ai travaillé pour Warren pour l'aider sur son projet d'aide au tiers-monde. Avant lui, j'ai été embauchée par les D'Amicos pour la campagne *La beauté n'a pas de taille*. Si la presse apprenait que leur égérie est une escort, ça pourrait détruire tout ce qu'ils ont construit.

— Tu sais, j'ai vu les pubs, j'étais super-fier de toi, chérie. Tu étais canon. Superbe, même.

Je souris jusqu'aux oreilles, ravie que Wes soit fier du travail que j'ai fait.

— Ensuite ? demande-t-il.

— Mason Murphy. Oui, le célèbre joueur des Boston Red Sox, j'ajoute, et Wes écarquille les yeux. J'ai fait semblant d'être sa copine pour l'aider à redorer son image. Ça a plutôt bien marché et, en fin de compte j'ai joué l'entremetteuse et, maintenant, il est en couple avec sa chargée de relations presse.

Wes va au bar, de l'autre côté du salon. Il me montre la bouteille de gin et je hoche la tête. Il va me falloir plus d'un verre pour supporter cette conversation. À l'évidence, cette soirée est placée sous le signe de la confession. J'espère seulement que Wes ne me crucifiera pas pour mes péchés.

Il me tend un verre et je bois une gorgée. Le liquide brûle ma gorge et réchauffe agréablement mon ventre.

— Tu as couché avec lui ?

Il s'assied dans le fauteuil en face du mien, de l'autre côté de la table basse en verre. Je ne manque pas de remarquer la distance qu'il a mise entre nous, que ce soit intentionnel ou pas, mais peu importe.

— Non, je réponds en secouant la tête. Non pas qu'il n'ait pas essayé, j'ajoute en souriant, ce qui ne le fait pas rire du tout.

Bon, passons.

— Avant lui, il y a eu Tony Fasano.

— Le restaurateur ?

— Ouais.

— Pourquoi il t'a embauchée, lui ? demande-t-il d'une voix moins nerveuse.

— Pour être sa fiancée, je ricane alors que Wes grimace. Attends, le plus drôle est la raison pour laquelle il avait besoin d'une fiancée.

Je souris jusqu'aux oreilles et cela doit soulager Wes, car j'ai droit à un minuscule sourire en coin.

— Pourquoi ?

— Je n'arrive pas à croire que tu aies oublié ce dont on a parlé en mars quand tu es venu. Ils n'étaient pas forcément démonstratifs et on a tous beaucoup trop bu, je te l'accorde, mais tu ne te souviens vraiment de rien ?

Il hausse les épaules et fait non de la tête.

— Pas vraiment, non. Je me souviens de leurs visages, je sais qu'on a trop bu et qu'ils étaient sympas. Mais je me souviens surtout de ta bouche, de t'avoir prise contre un mur, sous la douche, et d'avoir baisé comme un lapin avec la plus belle femme de la terre.

Je lui réponds par un sourire encore plus grand.

— Alors, pourquoi il avait besoin d'une fiancée ?

Je ramène mes pieds sous mes fesses et pose mon verre sur l'accoudoir du canapé.

— Pour te le dire, je dois te faire visualiser la scène.

— Ok, je t'écoute, dit-il en buvant une gorgée de gin et en reculant dans son fauteuil.

J'adore la façon dont sa pomme d'Adam monte et descend lorsqu'il déglutit. En fait, j'aime tout chez Wes, surtout maintenant qu'on est ensemble. Avec un peu de chance, il ne me quittera pas après cette conversation.

— Lorsque je suis arrivée à Chicago, le concierge a posé mon sac dans une chambre. Une chambre immense, bien plus grande que ce à quoi je m'attendais, même si Tony vit dans un penthouse.

Wes ne dit rien et attend que je poursuive.

— Quand le mec m'a laissée seule avec ma valise, j'ai entendu le bruit d'une douche. Tu n'imagines pas comment j'ai paniqué à l'idée que j'étais dans une chambre et qu'un mec que je ne connaissais pas, un étranger, était en train de se doucher dans la pièce d'à côté.

Une nana trouverait la situation amusante. Ce n'est pas le cas de Wes. Il contracte sa mâchoire en attendant patiemment.

— Soudain, la porte s'ouvre, et un mec super-baraqué est là, couvert d'une minuscule serviette nouée sur les hanches. Et c'est là que les choses deviennent vraiment intéressantes…

J'essaie de faire durer le suspense, mais Wes a simplement l'air en colère.

— Permets-moi d'en douter, grogne-t-il.

Je lève les yeux au ciel.

— Eh ben, j'étais là, comme un poisson hors de l'eau, sans savoir quoi dire, et là, un autre mec en serviette apparaît derrière lui. Et il le prend par la taille. Ils étaient ensemble… sous la douche !

Wes sourit de toutes ses dents.

— Il est gay !

— Tu ne lis pas la presse people ?

Il se lèche les lèvres et secoue la tête.

— Jamais. Je la fuis comme la peste. Les infos sont rarement vraies et, en général, cela finit simplement par faire du mal à la personne dont ils parlent.

— Tony est gay, je répète en levant les yeux au ciel, et il est en couple depuis des années avec un avocat génial qui s'appelle Hector Chavez. D'ailleurs, durant mon mois là-bas, je me suis surtout rapprochée d'Hector.

Je tapote ma cuisse du bout des doigts et je bois une gorgée.

— Avant Tony, il y a eu Alec.

Une sensation de manque refait surface quand je pense à lui. J'ai donné un morceau de mon cœur à Alec, en février, un morceau que je ne veux jamais récupérer. La vérité est que j'aime mon Frenchie coquin et que j'ai adoré le temps que j'ai passé dans son lit. Pas autant qu'avec Wes, mais il est clairement dans mon top trois des meilleurs coups, avec Wes et Taï.

— Alec, c'était l'artiste, marmonne Wes.

Je ne me rappelle plus comment il le sait, peut-être lui en ai-je parlé quand on était ensemble. Je me lèche les lèvres et bois une nouvelle gorgée de gin.

— Tu as couché avec lui, dit Wes d'un ton qui ne semble pas accusatoire.

Bon sang, j'espère que cela signifie qu'il ne m'en veut pas.

Je hoche la tête et il hausse les épaules en regardant le coucher de soleil par la fenêtre.

— Mais ce n'était pas sérieux. Comme Gina, ajoute-t-il.

Le simple fait d'entendre le prénom de cette garce me rend folle de jalousie.

— Alec était spécial, et il compte beaucoup pour moi, je rétorque.

Mince, je n'avais pas prévu d'en dire autant. Wes penche la tête sur le côté et s'avance en appuyant ses coudes sur ses genoux.

— Comment ça ? Comment était-il spécial ?

Les larmes me montent aux yeux et menacent de couler.

— Alec m'a aidée à me sentir belle.

— Et pas moi ? rétorque-t-il.

— Si, mais avec lui, j'ai compris que je pouvais révéler la véritable Mia. Celle que j'étais avec toi, mais que le reste du monde ne voyait pas. Il m'a forcée à enlever mon masque et à laisser les gens découvrir qui je suis. J'ai appris une leçon importante avec Alec.

— Ah bon ? Quoi ?

— Que je peux m'aimer.

Wes ferme les yeux, inspire et expire en libérant toute sa tension.

— Mia, tu as toutes les raisons du monde de t'aimer.

— Mais je ne le croyais pas, je réponds en secouant la tête. Pas avant Alec. C'est son art qui m'a aidée à le comprendre. Même si j'étais brisée et que je galérais dans la vie, que j'étais devenue escort parce que mon père, un alcoolo accro aux jeux, n'a pas su rester sobre assez longtemps pour s'occuper de ses dettes, moi, je déclare en me frappant la poitrine, Mia Saunders, serveuse à Las Vegas, je mérite mieux. Je mérite d'être heureuse. Et d'être aimée.

— Et moi, je ne te donne pas ça ? chuchote-t-il d'une voix tremblante.

— Si, mais à l'époque, Alec me l'a donné aussi. Et d'une certaine façon, il continue.

Le regard de Wes durcit et se remplit de tristesse.

— Il t'aime.

Je hoche la tête et ferme les yeux. Mince, j'ai répondu trop vite.

— Alec pense qu'on aime la personne avec qui on est, quelle que soit la durée de la relation. Que ce soit une nuit, un mois ou un an. Il pense qu'on échange avec cette personne un morceau de son cœur et qu'on l'emporte avec soi toute sa vie.

— Est-ce qu'il veut te récupérer ?

Tiens, voilà que mon beau surfeur, habituellement si détendu, est jaloux lui aussi.

— Non, pas de cette manière, non. Alec doit aimer toutes les femmes avec qui il est, sinon il n'est pas avec elles. Le monde entier doit être rempli de cœurs brisés, parce qu'il aime sans cesse quelqu'un de nouveau.

— Ce n'est pas comme ça que je fonctionne, Mia. Quand je m'engage, c'est avec *une* seule femme. Et je m'engage avec toi. Pour nous. Pour que ça marche, tu dois t'engager, toi aussi. Et il faut qu'on mette tout ça derrière nous, Chérie. Parce que c'est du passé. C'est révolu.

Je repense brièvement à Gina, mais je ne sais pas quand il était avec elle, exactement. Tout ce que je sais, c'est ce qu'il m'a dit, qu'il ne recouchera plus avec elle, et je le crois.

— Ça fait sept mois. Alors, tu n'as couché qu'avec un homme depuis qu'on a été ensemble ?

Il semble incrédule, et il a raison de l'être.

Je ferme les yeux et me prépare au pire.

— Non. J'ai été avec Taï Niko, le mannequin à Hawaï.

— À Hawaï ? En mai ?

— Ouais.

— C'était un coup d'un soir ?

— Non, j'admets d'une voix tremblante.

S'il y a bien une chose que je ne suis pas, c'est une menteuse. Il est hors de question que je me lance dans cette relation en la construisant sur des mensonges.

— Putain ! aboie-t-il.

Il se relève et refait les cent pas en se tirant les cheveux. Apparemment, c'est sa réaction naturelle lorsqu'il n'est pas content.

— Tu ne comprends pas, Wes, c'était juste pour s'amuser ! Il est déjà avec quelqu'un d'autre ! Quelqu'un qu'il a l'intention d'épouser ! je crie.

Il faut qu'il m'entende. Notre histoire est trop importante pour qu'on risque de rester coincés sur ce point.

— Putain, Chérie, tu me tues, là. Tu as passé un mois au paradis à aimer quelqu'un d'autre ?

Je sais qu'il emploie le mot paradis pour me torturer. Tous les coups sont permis, apparemment.

— Et toi ? Tu as passé combien de mois à baiser Gina DeLuca, l'actrice chérie de tout le pays et la femme la plus sexy sur terre ? Et je suis censée ne rien dire ?

Il fait plusieurs pas en arrière, comme s'il venait d'être percuté par un boulet de canon, et il s'appuie sur le guéridon derrière lui.

— Mia ! Elle n'est rien pour moi ! Rien !

— J'ai du mal à te croire, Wes ! Ça fait des mois que tu te la tapes. Tu ne penses pas que pour elle c'est du sérieux ?

— Non, répond-il en secouant la tête. Je te le jure.

— Tu parles. Répète-toi ça jusqu'à ce que tu en sois convaincu. Au moins, je peux dire que j'ai tourné la page d'Alec et de Taï. Sincèrement. Parce que je t'aime ! Je ne leur ai jamais dit ces mots avec la même intention. Je les aime comme des amis qui tiennent à moi en retour, mais je n'ai jamais été amoureuse d'eux. Il y a une énorme différence. Tu peux dire la même chose de Gina ? Hein ?

Je hurle d'une voix stridente.

À l'évidence, j'ai perdu la tête, car je me lève et je jette mon verre contre le mur. Le pire, c'est qu'il ne se casse même pas et je n'en tire pas la moindre satisfaction.

Ce foutu Anton, avec ses verres de riche !

Je grogne et me laisse retomber sur le canapé.

— C'est pour ça que je ne tombe jamais amoureuse, je dis en me tenant la tête.

Sans me prévenir, Wes me soulève et me prend sur ses genoux.

— Ne regrette jamais de m'aimer. C'est le plus grand mal que tu puisses me faire. Est-ce que c'est tout ? demande-t-il en tenant mon visage. Tu m'as tout dit ? Deux gars, une agression et une dizaine de nouveaux amis ?

Je hoche la tête.

— Ok, Chérie. Pour moi, il n'y a eu que Gina de temps en temps. On peut surmonter ça, dit-il alors que mon cœur explose de joie.

Je me détends instantanément, comme un bébé à qui l'on chante une berceuse. Tout semble si simple avec lui. On peut y arriver.

Les larmes me montent aux yeux, il les essuie avec ses pouces.

— Ne pleure pas, chérie. À partir de maintenant, il n'y a que toi et moi. On s'est tout dit, c'est fait. Je sais ce que j'ai besoin de savoir, et Gina est partie. Partie. Il ne reste plus que toi et moi. Maintenant, on peut construire notre relation.

Je hoche la tête et appuie mon front contre son torse, respirant ce parfum d'océan que j'aime tant chez lui.

— Je t'aime.

— Chérie, je t'aime aussi. Toi et moi. Il n'y a que toi et moi.

Chapitre 10

La sonnerie de mon téléphone me tire d'un rêve sublime. Wes et moi visitions des châteaux en Allemagne, main dans la main, comme le jeune couple amoureux que nous sommes.

Wes se penche au-dessus de moi pour saisir l'horrible objet, et il répond. Merde. Non ! Mauvaise idée ! Ce pourrait être n'importe qui et si c'est un de mes anciens clients, qu'on soit ami ou non, cela pourrait mal se passer. Très mal !

— Ouais, ouais, répond-il en bâillant. Ok, attendez une seconde, je vous la passe. Chérie, c'est Miss Milan.

Je lève les yeux au ciel. Tante Millie. Je prends mon téléphone, mais je ne lui parle pas tout de suite.

— C'est ma tante Millie, en fait. Elle s'appelle Millie, pas Milan.

— Ah bon ?

— Je pensais te l'avoir dit.

— Je crois que je m'en souviendrais, dit-il avant de m'embrasser sur le front. Je vais nous faire un café avant que tu ailles au studio.

Je serre son bras et le saisis par la nuque pour l'embrasser tendrement.

— Tante Millie. Quelle raison peux-tu avoir de m'appeler aussi tôt ? Enfin, il doit être super-tôt pour toi !

Je l'entends tapoter sur son clavier.

— Oui, je ne me suis pas encore couchée. Tu as ignoré tous mes appels et il faut que je te donne les informations sur ton prochain client parce que je pars en vacances demain. Je veux m'assurer que tout est fixé d'avance. Celui-ci est… je ne sais pas. Il y a quelque chose qui cloche.

Tante Millie n'a jamais semblé douter d'un client, c'est la première fois.

— Comment ça ? Qu'est-ce qui cloche ? C'est un pervers ?

— Non, non. D'ailleurs, il est trop clean sur le papier. Il a insisté pour te réserver dès que tu serais libre et il appelle tous les quinze jours pour s'assurer que tu n'as pas eu d'annulation. Ce qui n'est pas le cas, bien sûr.

— Ok, alors il veut vraiment m'embaucher. Est-ce qu'il a dit pourquoi ?

— Apparemment, il a besoin que tu sois la sœur qu'il n'a jamais connue. Il serait question d'éviter qu'une entreprise tombe entre de mauvaises mains s'il ne présente pas sa sœur aux investisseurs, ou quelque chose comme ça. Son nom est apparu dans un document, mais il ne l'a jamais connue et l'écriture n'est pas très nette. Ce pourrait être Mia Saunders, ou Mia Sanders, ou Mia Sonders, avec un O, mais tu as la même date d'anniversaire que cette personne et tu t'appelles Mia Saunders, donc il fallait que ce soit toi et personne d'autre.

— C'est bizarre, en effet. Tu as mené ton enquête sur lui ?

Millie soupire de façon exagérée et théâtrale, et je me sens coupable d'avoir posé cette question.

— Tu crois vraiment que je mettrais ta sécurité en péril ?

Je suis sur le point d'éclater de rire, mais elle n'est pas au courant de ce qui s'est passé avec Aaron, parce que je ne lui ai rien dit.

— Je sais que tu ne veux que le meilleur pour moi, Tante Millie. Désolée.

— Mon détective privé a tout vérifié. L'homme est jeune, tout juste trente ans, il est déjà à la tête d'une des plus grandes entreprises du Texas.

— Waouh, ça rapporte gros le pétrole, non ?

— Ça, tu peux le dire. Je ne connais pas tous les détails, mais il a hâte de te rencontrer. Et attends, tu vas adorer ça : c'est un véritable cow-boy, il habite dans un ranch, et tout !

Tante Millie marque une pause, je me demande ce qu'elle va encore m'annoncer.

— Je n'ai pas vu les vingt-cinq mille dollars arriver du latin lover. Faut croire que tu ne t'amuses pas autant que je le pensais ?

— Millie, ça ne te regarde absolument pas, mais non. Et tu ne les verras pas arriver.

— Tu changeras peut-être d'avis quand tu verras la photo du cow-boy. Ça n'a jamais été mon genre, mais il y a quelque chose chez lui qui me parle. Peut-être que c'est pour ça que quelque chose me dérange, j'ai une impression de déjà-vu avec ce type. Bref. Je réserve ton vol demain. Tu veux passer quelques jours à Miami, Dallas, ou rentrer chez toi avant d'aller au Texas ?

Chez moi. Je souris jusqu'aux oreilles lorsque Wes entre dans la chambre avec une tasse de café. Il s'arrête, penche la tête sur le côté et hausse un sourcil.

— Quoi ? chuchote-t-il.

— Millie, j'aimerais passer mes jours de repos à Malibu. Je partirai de LAX.

Wes fait un petit tour sur lui-même en guise de célébration, et je trouve cela tellement adorable que j'ai envie de lui sauter dessus et de lui tailler une pipe.

— Ça roule, Poupée, j'arrange tout ça. Je suis contente que tu rentres quelques jours. Déjeunons ensemble, tu veux ?

— Super. Je t'aime, Millie.

— Moi aussi, ma chérie.

Nous raccrochons et je me tourne vers mon mec.

— Je serai à Malibu pour six jours, la semaine prochaine. Je me demande où je vais pouvoir dormir…

— Tu as un appartement, répond Wes avec un visage parfaitement neutre.

Je grimace en repensant à mon studio pour la première fois depuis des mois. Il faut vraiment que je le vide et que je fasse stocker mes cartons. D'ailleurs, peut-être que je devrais le faire la semaine prochaine. C'est absurde de payer un loyer pour un endroit où je n'ai pas mis les pieds une seule fois depuis sept mois.

— Bébé, je pensais que…

Wes me saute dessus et me coupe la parole.

— Je t'ai eue ! s'exclame-t-il en m'embrassant de manière si torride que j'oublie que je suis censée me préparer pour la répétition. Je n'arrive pas à croire que tu m'aies cru, marmonne-t-il en déposant des baisers mouillés sur mon cou. Bien sûr que je te veux avec moi.

Ça fait des mois que mes parents me harcèlent pour que je te récupère.

— Me récupérer ? Mais je n'ai jamais été à toi.

Il s'assied et pose ses mains sur mon ventre, soulevant lentement mon caraco.

— Bien sûr que si, répond-il.

Je secoue la tête.

— Tu étais déjà à moi en janvier.

Je fais de nouveau non de la tête.

— Ah non ?

Au lieu de continuer son ascension pour s'emparer de mes seins déjà lourds de désir, il fait l'inverse et me chatouille, plantant ses doigts entre mes côtes, me faisant hurler de rire.

— Avoue que tu étais à moi ! ordonne-t-il.

Je secoue la tête et essaie de saisir ses mains. Je ne peux plus respirer. Bon sang, il a raison. Je suis à lui depuis le premier jour.

— D'accord, d'accord, j'avoue.

Il secoue la tête.

— Ça ne suffit pas. Dis-le, ordonne-t-il en tenant mes bras au-dessus de ma tête.

Je dois inspirer et expirer une vingtaine de fois avant de reprendre mon souffle. Je plonge mon regard dans le sien et je comprends combien ma réponse compte à ses yeux.

— J'étais déjà à toi en janvier, Wes, je dis d'une voix émue. Je ne voulais pas le croire et j'ai tout fait pour le nier. J'ai rangé mes sentiments dans une boîte que j'ai mise au fond d'un placard pour que personne ne la trouve, pas même moi, mais surtout pas toi.

Une larme solitaire coule sur ma joue, et Wes se penche pour la lécher.

— J'adore le goût de tes larmes. Et tu sais quoi ?

— Quoi ?

— J'étais à toi aussi, Chérie. Déjà à l'époque.

*

La répétition d'hier a été violente. Bien sûr, le fait que Wes soit là, à regarder, grogner et fusiller Anton du regard chaque fois qu'il posait une main sur moi, n'a pas aidé. Dans ce clip, le rôle de la séductrice est d'exciter le mec, de le faire crever de désir pour elle, et j'ai enfin la sensation d'incarner mon rôle à la perfection. Grâce à Wes et son amour, je me sens bien dans ma peau et je peux supporter qu'un autre homme me touche. Pour faire court, je suis en feu, brûlante et rayonnante.

Maria est folle de joie et de fierté.

— Oui, oui, coupé !

Les caméras cessent de filmer alors qu'Anton est à genoux devant moi. Il tient mes hanches, et sa tête est sur mon ventre après qu'il a lentement frotté son nez sur ma cuisse en porte-jarretelles et relevé ma minuscule robe avec ses dents. Il se relève, comme si de rien n'était. Je ne sais pas comment il fait. Dès qu'il entend le mot « coupez », c'est fini, il redevient mon ami Anton, détendu et distant.

Maria a raison. Le fait d'en parler à Gin, puis à Wes, deux personnes qui me connaissent vraiment, m'a aidée à tourner la page. J'ai compris que ce n'était pas seulement le toucher d'un autre homme qui me faisait paniquer. Les flash-back et l'angoisse qui refaisaient surface avec Anton étaient causés par ma culpabilité. Or, j'ai enfin accepté la décision que j'ai prise. En fin de compte, le fait de sauver de nombreux innocents m'a permis de me sauver moi-même. Je n'aurais jamais pu vivre en sachant que des gens à qui je tiens, ainsi que des milliers de personnes dans le besoin, ont souffert des conséquences de mon choix.

Je sors de scène pour retrouver la costumière et ma dernière tenue. Voilà la plus grande épreuve de toutes. C'est un ami styliste d'Anton qui a dessiné et fabriqué le… vêtement, si on peut l'appeler ainsi. Il s'agit surtout de morceaux de tissus cousus légèrement afin d'être déchirés facilement. La maquilleuse et la costumière s'affairent autour de moi tandis que Wes reste debout contre le mur, muet comme une carpe.

Pour quelqu'un qui fait des films et gère des acteurs tous les jours, je pensais qu'il comprendrait que je joue un rôle et qu'il ne se prendrait pas la tête. Je me suis complètement trompée. Il est silencieux, stoïque et respectueux des collègues de sa profession, mais je sais que cela lui coûte énormément. Il est crispé, et ses yeux ne cessent d'inspecter chaque centimètre nu de ma peau qu'Anton a touché.

— Tu sais, tu peux retourner à l'appartement si tu veux. On doit juste filmer la dernière scène, puis on ira dîner avec tout le monde.

J'essaie de le faire partir une nouvelle fois, même si je n'en ai pas vraiment envie.

— Chérie, je suis là. Fais ton boulot, et on verra ce qu'on fait après, répond-il d'une voix dénuée d'émotion.

— Je suis contente que tu sois resté. Ça rend les choses plus faciles, je réponds en repoussant mes larmes.

Il vient vers moi, lève mon menton et m'embrasse doucement. La maquilleuse grogne et pousse un juron derrière moi, je souris contre sa bouche.

— Tu vas me faire avoir des ennuis.

Il finit par sourire et il joue des sourcils.

— J'aime ça, justement. Je suis sûr qu'il y a des dizaines d'autres moyens de te mettre dans le pétrin.

Je ricane et le repousse avant de lancer un regard désolé à la maquilleuse. Je souffle un baiser à Wes, qui se lèche la bouche et tapote sa lèvre avec son pouce. J'adore quand il fait ça, c'est tellement sexy.

— Concentre-toi, *hermana**. La dernière scène est la plus difficile. Tu es prête ?

Wes sera fou quand il verra ce qu'on a prévu pour le final.

— Aussi prête que possible…

J'ai envie d'ajouter « pour une femme qui est sur le point de se retrouver à poil devant des danseurs, des techniciens, Anton et mon mec ». J'envisage un instant de dire à Wes ce qu'il est sur le point de voir, mais je décide de me taire. Si on arrive à la filmer d'une traite, il n'aura d'autre choix que de l'accepter.

On sait tous qu'il est plus facile de demander pardon que la permission, et cette situation en est la preuve.

La costumière m'accompagne sur la scène en ajustant le tissu, les paillettes et les faux bijoux. Les pointes de mes seins sont décorées de strass qui sont collés pour couvrir mon téton, mais rien d'autre. Un minuscule string fait de perles brillantes et de paillettes couvre mon sexe intégralement épilé. Voilà autre chose que Wes ne sait pas, car nous avons fait ça dans la salle de bains pendant l'heure du déjeuner. Tous ces joyaux sont cachés sous ce voile de tissu qu'on ne peut guère appeler une robe, surtout parce que je sais qu'elle disparaîtra dans quelques secondes quand les caméras se seront remises à tourner.

Je monte sur mon piédestal en prenant toutes les précautions possibles. La basse de la chanson d'Anton se met à vibrer autour de nous, et les éclairs du stroboscope m'éblouissent et m'obligent à cligner des yeux. Le ventilateur fait voler mes cheveux bouclés derrière moi.

Wes est dans la pénombre, pile en face de moi. Je vois surtout son visage et ses iris verts. Ses bras sont croisés et il ne me quitte pas des yeux. Les danseurs apparaissent à mes côtés, et je fais rouler mes épaules tout en me déhanchant, inspirant et expirant comme Maria me l'a appris pour donner l'illusion d'être haletante et rendre les hommes fous de désir. Ce sont ses mots, pas les miens.

Anton commence au fond, derrière moi. Je sens bientôt ses mains caresser le côté droit de mon corps. Je ferme les yeux. Lorsque je les rouvre, je rive mon regard sur Wes et ses yeux brûlants de désir. Un désir charnel qui est si fort que je sens mes tétons durcir, pincés par les strass collés. Je suis sur scène, entourée par des dizaines de gens, et Wes parvient à m'enflammer par un simple regard. Anton continue de virevolter autour de moi et de me toucher en faisant mine de chanter et de me supplier. De temps en temps, il empoigne un morceau de ma robe et l'arrache. Je tressaille comme on m'a dit de le faire, comme s'il arrachait des morceaux de mon armure. Je suppose que c'est l'idée, en tout cas, Anton enlève l'armure de la séductrice pour la faire sienne, enfin.

Les figurants dansent autour de moi comme des fantômes, vêtus de noir, avec des vêtements déchirés qui laissent entrevoir leur peau pailletée. Le tempo de la chanson augmente et les danseurs se rapprochent de moi, filmés par les quatre caméras qui m'encerclent. À chaque coup de bassin d'Anton, face à moi, un danseur me dépouille d'un morceau de ma robe, me laissant nue avec mes strass. Anton tombe à genoux devant moi, c'est le moment le plus important du clip. Je dois être confiante et puissante. Quand Anton lève les mains, comme pour m'implorer d'être à lui, je prends sa joue dans une main et appuie l'autre sur son torse.

Les caméras zooment sur nous et, en playback, je dis les dernières paroles du morceau, chantées par une femme.

— *Forget me*[1].

Les caméras reculent, je couvre mes seins avec un bras, le pousse en arrière et pose mon autre main entre mes jambes. Je ferme les yeux, penche la tête sur le côté puis vers le bas, et les lumières s'éteignent.

— Coupez, coupez. C'est dans la boîte ! crie le directeur de la photo.

Un peignoir apparaît sur mes épaules et je me retrouve dans les bras d'Anton.

---

1. Oublie-moi.

— *Lucita**, tu étais magnifique.

Il m'embrasse sur les joues, sur le front, les tempes. Enfin, tenant mon visage dans ses deux mains, il plonge son regard dans le mien pour me prévenir de ce qu'il s'apprête à faire. Il approche et m'embrasse tendrement sur la bouche. Ses lèvres ne font que m'effleurer, mais cela suffit.

Ce qui compte, c'est que je n'ai pas ressenti la moindre peur, juste le réconfort d'un ami qui me félicite. Je n'ai pas eu de flash-back. Il tient mes bras, mais il les lâche soudain en souriant jusqu'aux oreilles.

— Je pense que tu as assez touché ma nana, hein, *amigo* ? dit Wes d'une voix monocorde.

Je me retourne au moment où Anton prend Wes dans ses bras, le frappant dans le dos comme s'ils étaient les meilleurs amis du monde.

— Tu lui fais du bien, *amigo*. Maintenant, on fait la fête !

Malgré l'avertissement de Wes, il me prend par les épaules et nous emmène vers les loges. Anton vit dans l'instant présent et se contrefiche que Wes râle. C'est ce qui le rend si spécial. Il profite de la vie, de ses amis et de son travail. Surtout, il fait la fête autant qu'il le peut.

Heather et Maria nous rejoignent avec des coupes de champagne. Nous trinquons, et je bois une gorgée, laissant le nectar pétillant enivrer mes papilles et danser sur ma langue.

— Tu étais incroyable ! s'exclame Heather en me prenant dans ses bras.

— J'ai eu une super-prof, je réponds en regardant Maria.

J'ai du mal à contenir mon enthousiasme. Cette vidéo va être diffusée partout. Le monde entier va me voir… et la sensation est indescriptible. Époustouflante. Merveilleuse. Incroyable. Tout ça, et plus encore. Si j'ajoute à ça le fait que Wes est là avec moi et que j'ai trois nouveaux amis… la vie est géniale !

*

Le volume de la télé est au minimum, et j'écoute d'une oreille les dernières infos de

Miami. Je ferme ma dernière valise pleine des vêtements qu'Heather et Anton m'ont achetés, prête à les rapporter en Californie pour les stocker dans un garage avec le reste de mon appartement.

Je repense à la dernière semaine que j'ai passée ici. Comme le mois à Hawaï, je me souviendrai de mon séjour à Miami comme un des plus beaux moments de ma vie. La visite de Wes – et notre décision de former un couple – est bien évidemment un des temps forts de mon séjour.

Il est parti le lendemain de la fin du tournage en disant qu'il ferait de son mieux pour se libérer quand je serai là, mais qu'il aurait sans doute à travailler un peu dans le bureau de chez lui. Pour moi, tout ce qui compte, c'est d'être avec lui et de me reposer avant mon prochain boulot.

Je vais à Dallas, avec un magnat du pétrole. Je ne sais pas grand-chose de ce qu'il attend de moi, sauf que je dois faire semblant d'être la sœur qu'il n'a jamais connue. Apparemment, mon apparence n'est pas importante. La seule chose qui compte, c'est que mon nom et ma date d'anniversaire soient les mêmes que les siens. Je n'ai pas percuté tout de suite, mais Millie ne m'a pas dit comment il s'appelle. Avec quelques recherches, j'ai découvert son nom, Maxwell Cunningham, et qu'il détient cinquante et un pour cent de Cunningham Oil & Gas, une des vingt-cinq plus grandes compagnies pétrolières du monde. Internet m'a également appris qu'il a hérité de ses parts il y a un an, mais je n'ai pas trouvé à qui appartiennent les parts restantes. Je sais que dans la plupart des grandes entreprises, de plus petits pourcentages sont souvent détenus par des investisseurs. Quoi qu'il en soit, il me paie pour être sa sœur, Mia Saunders. C'est étrange, ça c'est sûr. Quand je clique sur sa photo, j'ai l'impression de l'avoir déjà vu, je me demande si je l'ai croisé à un des dîners de riches auxquels j'ai participé ces derniers mois.

Je saurai cela bien assez tôt.

Je m'assieds à table, devant mon papier à lettres habituel.

Anton,

Comment suis-je censée te remercier de m'avoir aidée à me remettre d'un tel traumatisme ? Ce n'est pas comme si je pouvais acheter une carte toute faite au supermarché qui dit : « Eh, tu m'as évité de sombrer dans la dépression et l'alcool. Merci mon pote ! » Ha ha.

Sincèrement, tu m'as appréhendée avec l'attention et le respect d'un véritable ami. Tu m'as fait part de ta propre histoire et m'as permis de te raconter la mienne. Cela m'a sauvée.

Je suis ravie que tu aies recadré ta relation professionnelle et amicale avec Heather. C'est une personne magnifique, avec une dévotion professionnelle incroyable. Tu ne pourras jamais lui donner le salaire qu'elle mérite, parce que même toi tu n'as pas assez d'argent. Assure-toi seulement de la payer en compliments et en amour pour le travail qu'elle fait si bien. Même les managers les plus dures à cuire ont besoin d'une petite récompense de temps en temps. Surtout quand cette manager est aussi ta meilleure amie.

Je n'oublierai jamais ce clip que j'ai tourné avec toi, mais ce dont je me souviendrai le plus, c'est notre balade à moto. C'était d'un autre monde. Merci de m'avoir prêté tes joujoux ;-)

Je sais que cette chanson va enflammer la terre entière. Je l'achèterai dès la sortie.

Jusqu'à la prochaine fois,

Ta Lucita,

Mia

Heather

Je me sens chanceuse de t'avoir rencontrée. J'espère que tu sais qu'où que je sois, tu as toujours une amie. Appelle-moi, écris-moi, emmerde-moi aussi souvent que tu le souhaites, et j'en ferai de même. Pourquoi ? Parce que c'est ce que font les amies ! J'ai hâte que tu me racontes tout ce que te fait subir Anton. Je suis contente que vous ayez réglé vos problèmes. Les meilleurs amis, ceux qui le restent toute leur vie, trouvent toujours un moyen de se réconcilier.

Bonne chance pour ton nouveau travail !

Ton amie,

Mia

Je laisse les enveloppes sur la table avec la clé de l'appartement, je saisis les poignées de mes valises et je ferme la porte derrière moi. Anton et Heather pensent que nous allons nous retrouver ici dans deux heures, mais les adieux ne sont toujours pas mon truc. Je préfère m'échapper seule vers ma nouvelle destination, sans un regard en arrière, consciente que ma prochaine aventure est au coin de la rue.

J'ai repris le contrôle de ma vie et je suis contente de mes décisions, de ce que je fais et de ce qui se dessine pour mon avenir. Les possibilités qui s'offrent à moi sont infinies, surtout quand je repense à mon surfeur réalisateur, en maillot de bain, les pieds dans le sable, me faisant signe de le suivre dans les vagues.

Il est temps de rentrer à la maison… du moins pour le moment.

Remerciements

À mon éditrice, Ekatarina Sayanova, de la maison Red Quill Editing. Je suis folle de joie de t'avoir trouvée. Il n'est pas facile de trouver une éditrice qui convient parfaitement, or tu me conviens. (www.redquillediting.net).

À mon assistante personnelle, Heather White. Tu arrives à croire qu'on est au stade où les livres sont vendus par lots ? Ce doit être grâce à ces teasers géniaux et à tout le travail que tu fais. Je t'aime, frangine.

À Sarah Saunders, merci d'être toujours là pour moi. J'aime ta tronche.

À Jeananna Goodall, j'adore ta manière de vivre mes histoires. Tes mails, tes messages et tous tes retours me remontent toujours le moral.

À Ginelle Blanch, tu es une déesse pour ce qui est de repérer mes erreurs bizarres. Merci d'être toi. Tu es géniale !

À Anita Shofner, tu débarrasseras le monde des fautes de conjugaison et de grammaire, livre après livre. Je n'en doute pas une seconde ! Tu as un don, Anita. Merci de le partager avec moi et d'améliorer mon travail !

À Christine Benoit, je suis ravie d'avoir une experte pour corriger mon français. Tu as été une ressource vitale, merci de t'être assurée que le langage d'Alec Dubois est aussi beau que je le souhaitais. Merci.

Aux Audrey's Angels. Ensemble, nous changeons le monde. Un livre à la fois. BESOS-4-LIFE, mes charmantes dames.

À toutes les Audrey Carlan Wicked Hot Readers... vous me faites sourire tous les jours. Merci pour votre soutien.

Enfin, et ce n'est bien évidemment pas le moins important, merci à ma maison d'édition, Waterhouse Press. Vous êtes l'extra dans l'ordinaire. Je suis ravie que vous m'ayez trouvée et que vous m'ayez ouvert les portes de votre maison. Je vous aime à la folie.

À propos de l'auteur

Audrey Carlan vit dans la belle California Valley ensoleillée, à deux heures de la ville et de la plage, au milieu des montagnes et des vignes merveilleuses. Elle est mariée à l'amour de sa vie depuis plus de dix ans, et elle a deux jeunes enfants qui méritent tous les jours leur titre de « monstres en folie ». Lorsqu'elle n'écrit pas des histoires d'amour érotiques, qu'elle ne fait pas du yoga ou qu'elle ne sirote pas un verre de vin avec ses « âmes sœurs » – trois voix uniques et incroyablement différentes dans sa vie –, on la trouve plongée dans un livre. Plus précisément un roman chaud et plein d'amour !

Elle apprécie tous vos retours, alors n'hésitez pas à la contacter aux adresses ci-dessous.

E-mail : carlan.audrey@gmail.com
Facebook : facebook.com/AudreyCarlan
Site web : www.audreycarlan.com

PAPIER À BASE DE FIBRES CERTIFIÉES

Le Livre de Poche s'engage pour l'environnement en réduisant l'empreinte carbone de ses livres. Celle de cet exemplaire est de :
250 g éq. CO_2
Rendez-vous sur www.livredepoche-durable.fr

Composition réalisée par Lumina Datamatics, Inc.

Imprimé en France par CPI
en avril 2018
N° d'impression : 3028917
Dépôt légal 1re publication : juillet 2018
LIBRAIRIE GÉNÉRALE FRANÇAISE
21, rue du Montparnasse - 75298 Paris Cedex 06

58/2139/9